Du monde entier

GIANFRANCO CALLIGARICH

LE DERNIER ÉTÉ EN VILLE

roman

Traduit de l'italien
par Laura Brignon

nrf

GALLIMARD

Titre original :

L'ULTIMA ESTATE IN CITTÀ

La première édition de ce livre est parue chez Garzanti en 1973.

Première publication chez Bompiani en 2016.
www.giunti.it | www.bompiani.it

À Sara Calligarich

« La première grande menace [...] n'était pas le déluge, mais la menace d'assèchement. »

Sándor FERENCZI

« Tout en dansant,
Il remonta au long des jours vers sa
jeunesse
Et piqua dans le tourbillon. »

T. S. ELIOT

1

Du reste, c'est toujours pareil. On se démène pour rester à l'écart et puis un beau jour, sans savoir comment, on se retrouve embarqué dans une histoire qui nous conduit tout droit à la fin.

Pour ma part, je serais volontiers resté en dehors de la course. J'avais rencontré des gens de toute sorte, des gens parvenus et des gens qui n'avaient même pas réussi à démarrer mais, tôt ou tard, ils arboraient tous un air insatisfait qui m'avait amené à conclure que la vie, il valait mieux se contenter de l'observer; par contre, je n'avais pas anticipé ce jour pluvieux du début du printemps dernier où je me suis retrouvé sans un rond. Le reste a suivi comme ce genre de chose suit, tout seul. Que ce soit clair : je n'en veux à personne, j'ai eu mes cartes en main et je les ai jouées. Voilà tout.

Cette baie est du reste splendide. Une forteresse sarrasine la surplombe depuis une falaise qui s'avance dans la mer sur une centaine de mètres. Si je regarde vers la côte, je peux voir le ruban éblouissant de la plage se détacher sur le vert de la basse végétation méditerranéenne.

Plus loin, une trois-voies, déserte en cette saison, perce de ses tunnels une chaîne de montagnes rocheuses qui étincellent sous le soleil. Le ciel est bleu, la mer limpide.

Je n'aurais pas pu choisir mieux, à vrai dire.

J'ai toujours aimé la mer. La tendance que, enfant déjà, j'avais à veiller sur les plages était peut-être un reliquat de l'élan qui avait poussé mon grand-père à passer sa jeunesse à bord de navires marchands en Méditerranée avant de s'échouer à Milan, cette ville sinistre, et de farcir une maison d'enfants. J'ai connu ce grand-père. C'était un vieux Slave aux yeux gris, qui mourut entouré d'une ribambelle d'arrière-petits-enfants. Dans la dernière phrase qu'il réussit à articuler, il réclama un peu d'eau de mer, et mon père, en sa qualité d'aîné, confia sa boutique de philatélie à l'une de mes sœurs et partit en voiture pour Gênes. J'y allai avec lui. J'avais quatorze ans et je me souviens que, de tout le trajet, nous ne dîmes pas un mot. Mon père ne parlait jamais beaucoup, et moi, qui lui causais déjà des problèmes avec l'école, j'avais tout intérêt à rester silencieux. Ce fut le plus court de mes séjours à la mer, juste le temps de remplir une bouteille, et aussi le plus inutile, parce qu'à notre retour mon grand-père était presque inconscient. Mon père lui lava le visage avec l'eau de la bouteille, sans qu'il semble particulièrement apprécier.

Quelques années plus tard, la proximité de la mer fut une des raisons qui me poussèrent à Rome. Après mon service militaire se posait la question de savoir quoi faire de ma vie et, plus je regardais autour de moi, moins j'arrivais à prendre une décision. Mes amis avaient des idées très précises, obtenir un diplôme, se marier et gagner de l'argent, mais cette perspective me répugnait. C'étaient les années où à Milan l'argent comptait plus que d'habitude, les années de cette espèce de tour de passe-passe à l'échelle nationale également connu sous le nom de Miracle économique, et dont, d'une certaine manière, j'eus moi aussi l'occasion de profiter. Cela se produisit lorsqu'une revue médico-littéraire pour laquelle j'écrivais de temps à autre des articles très réfléchis et mal payés eut la possibilité d'ouvrir une antenne à Rome et m'embaucha comme correspondant.

Si ma mère fit feu de tout bois pour entraver mon départ, mon père ne dit rien. Il avait assisté en silence à mes tentatives d'insertion sociale, les comparant aux succès de mes sœurs aînées qui, jeunes filles, avaient épousé des petits employés, des hommes sympathiques du reste, et, comme pendant le trajet pour l'eau de mon grand-père, j'en profitai pour rester silencieux moi aussi. On ne se parlait jamais, lui et moi. Je ne sais pas de qui c'était la faute, je ne sais même pas si on peut parler de faute, mais j'avais toujours l'impression que si je m'engageais dans une conversation directe avec lui, je le blesserais d'une manière ou d'une autre. La guerre, la seconde, l'avait envoyé au loin sans lui épargner certaines de ses spécificités bien connues, et aucun homme, après avoir vécu ce type d'expérience, ne peut rentrer chez lui tel qu'il en est parti. Malgré son mutisme orgueilleux, il avait toujours l'air de vouloir faire oublier quelque chose, peut-être le fait d'être rentré à la maison en miettes et de nous avoir imposé le spectacle de son grand corps se tordant sous les décharges des électrochocs. Dans un sens, c'était vraiment le cas, et, jeune, je ne lui pardonnais pas son métier antihéroïque, son amour pour l'ordre, son respect excessif pour les objets, sans comprendre par exemple à quelles atroces dévastations il devait avoir assisté pour se mettre, le jour même de son retour de la guerre, à réparer une vieille chaise de cuisine avec une patience infinie. Pourtant, aujourd'hui encore, presque trente ans après, il conserve certains traits du soldat, la patience, la tendance à garder la tête haute, l'habitude de ne pas poser de questions, et aujourd'hui encore, même s'il ne m'avait donné que ça, rien ne pourra me faire oublier l'intrépidité que j'éprouvais, enfant, en marchant à ses côtés. Car, aujourd'hui encore, le pas de mon père est capable, plus que n'importe quoi d'autre, de me ramener sur-le-champ en enfance et, aujourd'hui encore, je peux, même dans l'immensité verte qui m'entoure, revenir par enchantement à ses côtés en me remémorant son pas puissant et souple, apparemment infatigable, le pas des longs déplacements de troupes, le pas qui tant bien que mal avait tout de même réussi à le ramener à la maison.

Je partis donc à Rome et tout se serait déroulé sans encombre si mon père, abdiquant inopinément son orgueil, n'avait pas voulu m'accompagner à la gare, attendant sur le quai jusqu'au départ du train. Et cette attente fut longue, insoutenable. Son grand visage flambait dans son effort de retenir ses larmes. On se regardait en silence, comme toujours, mais je comprenais qu'on se disait adieu et je ne pouvais rien faire d'autre que prier pour que le train parte et mette fin à ce regard déchirant que je ne lui avais jamais vu. Il était immobile sur le quai, pour la première fois plus petit que moi, si bien que je remarquai combien ses cheveux s'étaient raréfiés sur sa tête, qu'il ne cessait de tourner pour jeter de rapides coups d'œil au sémaphore au bout de la voie. Son grand corps était figé, planté sur ses jambes écartées comme s'il s'apprêtait à encaisser un choc, ses mains comme des poids au fond des poches de son pardessus, ses yeux brillants et son visage rouge. Et alors que je me rendais enfin compte que ça signifiait tout de même quelque chose d'être son seul enfant de sexe masculin, alors que j'allais ouvrir la bouche pour lui crier que je descendais le rejoindre et qu'on trouverait le moyen d'arranger nos vies sans les détruire, le train eut un petit hoquet et se mit en mouvement. Ainsi, une fois encore en silence, je fus arraché à lui. Je vis son grand corps tressaillir lorsque le train se mit en mouvement. Puis je le vis rapetisser au fur et à mesure que je m'éloignais. Il ne bougea pas, il ne fit pas un geste. Puis il disparut entièrement.

Ma période de respectabilité ne dura pas longtemps. Je fus licencié au bout d'un an, période qui, pour être honnête, aurait pu être plus courte encore. Le petit déficit de l'antenne romaine fut le dernier à être soldé avant que la revue ne disparaisse, en même temps que le miracle auquel elle devait son existence. Le bureau où je travaillais – il s'agissait de faire un peu de publicité à la revue et d'y écrire quelques articles de temps à autre afin de flatter l'inexplicable sensibilité des médecins pour la littérature – était une pièce occupée par des meubles damassés de rouge, dans une villa fin XIXe juste de l'autre côté de la digue du Tibre.

Le propriétaire était le comte Giovanni Rubino di Sant'Elia, un quinquagénaire distingué aux manières désinvoltes et un peu recherchées. Distant au début, comme s'il ne venait me voir que pour ouvrir la porte-fenêtre donnant sur le jardin et me faire respirer le parfum de ses lilas, il finit par séjourner de plus en plus souvent dans le fauteuil devant mon bureau et par se livrer à des conversations dont la familiarité augmentait à mesure que sa véritable situation financière se révélait. Le jour où il me dit qu'il était complètement ruiné, nous décidâmes de nous tutoyer.

Il vivait dans la partie arrière de la maison avec sa femme, une blonde rondouillarde désorientée par les difficultés économiques de son mari qui n'ouvrait la porte qu'à l'apprenti boulanger, et, depuis la fois où en allant ouvrir elle s'était trouvée nez à nez avec un huissier venu saisir la magnifique table dorée du salon, j'étais obligé de jouer pour eux le rôle de secrétaire un peu emplâtré. Mais je le faisais volontiers. Surtout pour lui. J'aimais le voir entrer dans mon bureau en lissant ses tempes grises de sa main puis, d'un petit mouvement sec des coudes, faire émerger des manches de sa veste les poignets de sa chemise immaculée. « Eh bien ? disait-il. Ça travaille ? Ça avance ? » Alors, je couvrais ma machine à écrire et sortais ma bouteille. Il ne parlait jamais de ses problèmes financiers, comme l'aurait fait un Milanais, mais seulement de sujets plaisants, d'aristocrates, de gens en vue et surtout de femmes et de chevaux, racontant parfois des anecdotes si graveleuses que ses yeux brillaient.

Avec l'arrivée de l'été, nous prîmes l'habitude de nous installer au salon et, quand le soleil abandonnait cette partie-là de la maison, entre les murs marqués par les ombres claires des meubles disparus, le comte s'asseyait devant le Steinway à queue et je l'écoutais, enfoncé dans le seul canapé restant. Tous les après-midi, dès que j'entendais les premières notes, je téléphonais au bar pour commander de la bière glacée et le rejoignais. Il était éperdument là. Une vieille robe de chambre en soie sur les épaules, il puisait dans son répertoire : des vieilles chansons que ma mère chantait, des morceaux de Gershwin et de Cole Porter, et surtout une vieille chanson américaine intitulée *Roberta*. Parfois, nous chantions ensemble.

Le premier jour de l'automne cette année-là arriva la lettre qui officialisait la fermeture du bureau. J'en informai le comte, qui s'appuya au piano et sourit. « Eh bien, mon ami, dit-il, que vas-tu faire, maintenant ? » Voilà ce qu'il dit, mais j'aurais dû comprendre que c'était un coup fatal pour lui. Deux jours après, tandis que je rassemblais mes papiers, on sonna à la porte et quatre ouvriers à l'air déterminé s'emparèrent du piano pour l'emporter. Ils peinèrent à le faire passer par le portail et le vieux Steinway dut cogner contre un angle, car sa voix s'éleva dans la rue, résonnant comme un glas. De toute l'opération, le comte ne quitta pas sa chambre mais quand je serrai la main de la comtesse visiblement émue et partis moi aussi, je le vis à la fenêtre qui me saluait en levant la main. Son geste avait quelque chose de si inébranlable que j'y répondis de la seule manière qui me parut opportune. Je posai mon sac sur le trottoir et fis une révérence.

Après la fermeture du bureau, je passai quelques jours à l'hôtel à méditer sur mon avenir. Tout ce que les relations nouées par le biais de la revue pouvaient m'offrir était un emploi dans une entreprise pharmaceutique en banlieue, où je devrais rédiger des articles publicitaires de neuf heures du matin à six heures du soir. Je décidai d'attendre que quelque chose advienne. Comme un aristocrate assiégé.

J'allais tous les jours voir la mer. Un livre en poche, je prenais le métro pour Ostie et passais une bonne partie de la journée à lire dans une petite trattoria sur la plage. Puis je rentrais en ville et allais flâner du côté de la place Navone où je m'étais fait des amis, des gens qui erraient comme moi, essentiellement des intellectuels aux têtes de réfugiés et aux yeux pleins d'attente. Rome était notre ville, elle nous tolérait et nous amadouait, et je finis moi aussi par découvrir que, malgré les emplois sporadiques, les semaines le ventre vide, les chambres d'hôtel humides et ténébreuses au mobilier jaunâtre et grinçant comme dévoré par une obscure maladie du foie, c'était le seul endroit où je pouvais vivre. Pourtant, quand je repense à cette période-là, je n'arrive à me rappeler que de très rares visages, de très rares événements, car Rome porte en elle une ivresse particulière qui brûle les souvenirs. Plus qu'une ville, c'est un repli secret de soi, une bête sauvage dissimulée. Avec elle, pas de demi-mesures, ou bien c'est le grand amour ou bien il faut s'en aller, car la tendre bête exige d'être aimée. C'est le seul péage qui vous sera imposé, d'où que vous veniez, des routes vertes et escarpées du Sud, des lignes droites vallonnées du Nord ou des abîmes de votre âme. Aimée, elle se donnera à vous comme vous la désirez et vous n'aurez qu'à vous laisser aller aux douces vagues du présent, flottant à deux doigts de votre bonheur légitime. Et il y aura pour vous des soirées estivales percées de lumières, de vibrants matins printaniers, des nappes de cafés comme des jupes de filles agitées par le vent, des hivers acérés et des automnes interminables où elle vous apparaîtra sans défense, malade, exténuée, lourde de feuilles décapitées silencieuses sous vos pas. Et il y aura les escaliers éblouissants, les fontaines tapageuses, les temples en ruine et le silence nocturne des dieux révoqués, si bien que le temps ne sera plus qu'un élan puéril qui fait trotter les horloges. Ainsi vous aussi, attendant jour après jour, vous deviendrez une part d'elle. Ainsi vous aussi nourrirez la ville. Jusqu'au jour ensoleillé où, humant le vent venu de la mer et regardant le ciel, vous découvrirez qu'il n'y a plus rien à attendre.

Parfois, quelqu'un mettait les voiles. Quand ce fut le tour de Glauco et Serena, un couple du groupe de la place Navone, j'allai m'installer dans leur appartement de Monte Mario. Niveau chambres d'hôtel, j'étais au bout du rouleau, l'idée d'avoir un endroit à moi en toute indépendance me semblait incroyable, et quand pour cinquante mille lires je rachetai aussi leur Alfa Romeo en fin de parcours, je me dis évidemment que c'était là une étape considérable de ma vie. Je remplis deux valises avec mes livres et déménageai le jour même de leur départ. Ils s'en allaient parce que Serena avait décroché un contrat de deux ans comme scénographe dans un théâtre de Mexico, mais surtout parce que leur mariage était en crise et que Glauco ne peignait plus. Rome les avait brisés et ils partaient, avec leurs prénoms désormais inadaptés et une quantité indécente de valises.

« Ville de merde, dit Glauco en s'accoudant au balcon.

— Moi, j'y suis bien.

— Ah oui ? Alors pourquoi tu es toujours bourré ?

— Pas toujours, dis-je. Souvent. Ça fait une grande différence. »

Puis je regardai la vallée qui s'étendait sous mes yeux. Elle était immense, coupée en deux par un pont aux nombreuses arches où, plusieurs fois par jour, passait un long train aussi silencieux qu'une chenille. De part et d'autre s'élevaient les murs d'enceinte de deux couvents qui carillonnaient au crépuscule, tandis qu'en face les maisons les plus proches se perdaient dans la verdure vers la ligne d'horizon. Il y avait un grand ciel, une grande lumière. C'était un endroit magnifique.

« Tout est à toi », dit Glauco en embrassant d'un geste la pièce où nous nous trouvions. Ce n'était pas la peine de faire un inventaire, il y avait un vieux fauteuil, une étagère pour les livres et un lit qui servait de canapé. Les deux autres pièces n'avaient pas été meublées avec moins de parcimonie : surtout des meubles récupérés aux puces de Porta Portese, vieux et charmants. L'une d'elles était presque entièrement remplie de toiles, de pots de peinture et de tout ce qui sert en général à un peintre. « Si tu es fauché, ne vends pas mes tableaux », dit Glauco, comme si quelqu'un pouvait avoir envie de les acheter. Il sortit, disant qu'il devait encore saluer quelqu'un en ville. Il ne me proposa pas de l'accompagner et j'en déduisis qu'il allait saluer sa petite amie. Tout le monde le savait, qu'il avait une autre copine. Massif, agressif, il n'arrivait jamais, en aucune circonstance, à s'empêcher de se vanter. Il savait que Serena et moi nous portions une affection bien particulière, mais il nous laissait quand même seuls parce qu'il n'était pas du genre à craindre qui que ce soit.

Serena était restée dans la chambre, au milieu des valises grandes ouvertes. Elle devait avoir peur qu'elles veuillent l'avaler, car elle faisait les cent pas en se tordant les mains. « Glauco ? » dit-elle. Je lui dis qu'il serait bientôt de retour et elle continua à errer dans la pièce avec un air tragique. Quand elle passa à côté de moi pour la troisième fois, je finis par lancer un bras autour de ses épaules et elle se serra contre ma poitrine en levant vers moi des yeux égarés. Alors, je la serrai plus fort mais elle se raidit et je compris que c'était non, qu'elle aurait voulu que ce soit oui mais à un autre moment, et que maintenant de toute façon c'était non, c'était trop tard. Nous parlâmes du Mexique jusqu'au retour de Glauco.

« Bon, dit-il. On y va ? » Sa voix triste m'étonna. Le dernier au revoir avait dû être particulièrement éprouvant.

Debout au milieu de la pièce avec son corps musclé, il avait l'air frustré et enfantin d'un poids lourd qui vient de perdre son titre de champion. Pour la première fois, je le regardai avec sympathie.

Je les accompagnai à l'aéroport. Nous nous fîmes la bise, puis j'allai sur la terrasse les regarder partir. Quand ils montèrent l'escalier pour embarquer, ils me cherchèrent des yeux. Nous nous saluâmes de la main jusqu'à ce qu'ils entrent dans la carlingue. L'avion tarda à se mettre en mouvement mais il finit par se déplacer vers le centre de la piste, s'y arrêta comme pour prendre son souffle, roula à une allure de plus en plus vive puis s'éleva, mû par une solide habitude, et gagna de l'altitude, brillant dans le soleil jusqu'à ce qu'il disparaisse. Alors, je partis.

En revenant en ville, je pensais à d'autres adieux. Je pensais à quand j'avais dit adieu à mon père et à quand j'avais dit adieu au comte Sant'Elia et je pensais à combien tous ces adieux avaient changé ma vie. Mais c'est toujours pareil, si on est ce que l'on est, ce n'est pas grâce aux personnes que l'on a rencontrées mais à celles que l'on a quittées. Voilà ce que je pensais en conduisant tranquillement la vieille Alfa. Elle était aussi lente et bruyante qu'un cachalot et les oiseaux se taisaient dans les arbres comme au passage d'un nuage sombre dans le ciel. Elle pouvait se targuer d'une lignée de propriétaires aussi longue que l'annuaire téléphonique d'une petite ville de province, mais son odeur de tabac et de cuir était presque enivrante.

Je décidai d'essayer sérieusement d'arrêter de boire. Je m'installais sur le balcon pour lire au soleil et me tenais à distance des bars et des gens qui les fréquentaient. Ma mixture de substitution à base de vin doux et d'eau glacée devenait plus buvable avec la chaleur et, petit à petit, je commençai même à prendre du poids. Le moment le plus dur était le soir, quand je quittais le *Corriere dello Sport* et que j'avais face à moi ces heures mortelles qui vont de vingt-deux heures à une heure du matin. Je fus aidé par les filles. J'avais toujours eu un certain succès, avec elles, et mon combat contre l'alcool titilla leur instinct maternel. Ainsi, il arrivait souvent que je me réveille dans des lits étrangers, seul, vu que les filles que je fréquentais étaient majoritairement des enseignantes ou des vendeuses, et donc tenues à des horaires inexorables. C'étaient des réveils magnifiques, à vrai dire. Je me levais, traînais dans l'appartement, allumais le tourne-disque et cherchais, presque toujours avec succès, du café déjà prêt que je faisais réchauffer. Après quoi, j'entrais dans des salles de bain propres, parsemées de serviettes, brosses, épingles à cheveux et mystérieux pots de crème aux couleurs pastel. Je cherchais, presque toujours avec succès, des sels de bain et séjournais longuement dans la baignoire. Enfin, je me séchais, me rhabillais puis sortais en tirant la porte derrière moi, et son claquement résonnait dans l'appartement vide.

Dans la rue, j'achetais un journal, jetais un œil aux étals de bouquinistes, prenais quelques provisions et rentrais à la maison en me demandant si je passerais mon après-midi à lire, au cinéma ou au journal. Un de ces matins-là, justement, je m'aperçus que je n'avais plus un sou en poche. La situation était plus qu'habituelle mais se trouvait compliquée par une série de détails déplaisants : la porte que je venais de claquer irrémédiablement derrière moi, la voiture que j'avais laissée la veille au soir dans un quartier très éloigné et la sensation pénible et lancinante d'avoir oublié quelque chose dont, quels que soient mes efforts, je n'arrivais pas à me souvenir. Se profilait donc une de ces journées où les boutons de notre chemise nous restent dans la main, où l'on perd son répertoire, on rate ses rendez-vous et où toutes les portes se transforment en autant de pièges à doigts. Une de ces journées où il faudrait s'enfermer chez soi en attendant qu'elle passe. Mais ce n'était pas possible, alors je me mis en route à pied, sous la pluie.

Eh oui, parce que par-dessus le marché, il pleuvait. Je me souviens très bien de la pluie, ce jour-là. Une pluie printanière qui tombait par à-coups sur une ville amnésique et surprise, l'emplissant de parfums de plus en plus odorants après chaque nouvelle averse. Si bien qu'il n'y a pas dans ma vie de jour aussi saturé de parfums que celui où cette histoire a commencé.

2

J'arrivai à la piazza del Popolo l'estomac vide et les chaussures pleines d'eau. La grande place débordait d'automobiles stationnées et un rayon de soleil unique perçait très haut, faisant scintiller les terrasses du Pincio. Les deux cafés étaient remplis de gens agacés de ne pouvoir s'asseoir à l'extérieur. Sous l'auvent de Rosati, je trouvai des chaises empilées et en pris une en regardant alentour à la recherche d'un visage ami qui pourrait m'inviter à déjeuner, mais je ne vis que des gens que je ne pouvais pas souffrir. Les premières gouttes firent déborder le vase, et je me dirigeai vers le bar de Signor Sandro. C'était un vieux barman aux gestes adroits et mesurés qui avait ouvert un restaurant élégant, avec des chaises de cuir rouge et des estampes aux murs. Le lieu était surtout fréquenté par des lettrés, des poètes, des cinéastes et quelques journalistes radicaux se nourrissant des biftecks-carottes, mais évidemment, ce jour-là, je ne trouvai personne que je connaissais suffisamment bien pour me faire inviter. C'était néanmoins un endroit où j'avais du crédit et je commandai un steak haché et un verre de barolo en assistant à l'un de mes spectacles préférés : Signor Sandro qui préparait des cocktails. Au moment de l'élévation, un splendide parapluie en soie s'évanouit sur le pas de la porte et, à l'instant précis où il ne m'était plus d'aucune utilité, Renzo Diacono fit son apparition. Ça faisait un bout de temps que je ne l'avais pas vu, depuis que lui aussi était parti travailler à la télévision. « Leo ! » dit-il d'une voix forte en me voyant. Il était tout à fait élégant, à la différence du géant barbu avec qui il était entré et qui disparut aussitôt dans la foule autour du comptoir. « Qu'est-ce que tu bois ? dit-il.

— Rien.

— Rien ? » Pendant un temps, il eut l'air de vouloir dire quelque chose puis, en vertu de son tact piémontais, il se contenta de me demander quand je me manifesterais pour qu'on fasse une partie d'échecs. « Je n'ai plus le temps pour les choses sérieuses », dit-il en désignant son compagnon qui réémergeait de la cohue du comptoir. Il avait cette qualité. Quelle que soit la personne qui l'accompagnait, il donnait l'impression qu'en réalité il aurait voulu être avec vous. « Comment va la vie ?

— Je ne sais pas, dis-je. Je ne réponds que de la mienne.

— Bravo, dit le géant barbu en nous rejoignant avec son verre. C'est très sage », et il leva son verre à ma santé. Accoutré d'un pardessus militaire, d'une écharpe qui lui arrivait aux pieds et d'un parapluie virevoltant accroché à son bras, il jugeait le monde depuis les merveilleuses cimes d'une grosse cuite. Il avait un sourire dévasté, un sourire de vétéran. Renzo dit que, quand il était sobre, c'était le meilleur réalisateur de la télévision, mais la sobriété et lui n'avaient pas dû se croiser depuis un bail. L'autre ricana et, pour toute réponse, s'excusa et alla faire remplir son verre.

« Et si on se voyait ce soir ? » dit Renzo. Il dit aussi qu'ils avaient changé d'adresse et me la fit répéter deux fois pour s'assurer que je ne l'oublierais pas. Il n'y avait pas de risque. Même si nous avions une génération d'écart, j'appréciais sa compagnie, c'était un bon joueur d'échecs ainsi qu'un historien apprécié, et sa femme, Viola, était un vrai cordon-bleu. Je n'étais pas en position d'exiger mieux pour achever une journée aussi brancale.

Resté seul, j'élaborai un plan pour parer à la déveine. Pour commencer, j'irais au journal grappiller quelques sous, puis je me ferais une toile et, enfin, j'irais chez les Diacono après être passé chercher la vieille Alfa. Ce programme était si simple et si réconfortant qu'il me rendit soudain euphorique. Je sortis dans le parfum de la pluie qui était en train de cesser. De grosses gouttes isolées s'écrasaient sur le pavé et le ciel était lacéré de grandes déchirures bleues. Au bout de dix minutes de marche entre les immeubles humides et éblouissants du boulevard, j'entrai dans les locaux du *Corriere dello Sport* en fredonnant *Où es-tu mon amour**[1] avec les variations de Django Reinhardt.

1. Les mots en italique suivis d'un astérisque sont en français dans le texte original (*N.d.T.*).

Les filles affairées aux machines à écrire avec leur casque me saluèrent par de petits cris de surprise, elles n'étaient pas habituées à me voir débarquer à cette heure, et quand je demandai à voir Rosario, elles m'indiquèrent une cabine dont mon ami était justement en train de sortir, le visage plus sombre que le disque qu'il tenait à la main. « Youpi », dit-il en passant devant moi. Je ne me laissai pas démonter parce que si, de toute évidence, il n'y avait pas de travail, je pouvais toujours me faire prêter de l'argent. Il le savait lui aussi, et il se retrancha sur-le-champ dans la transcription de l'article, son casque sur les oreilles. Je m'assis et le regardai fixement jusqu'à ce qu'il abdique. « Combien tu veux ? » dit-il en glissant une main dans sa poche. Il me donna précisément la moitié de ce que je lui demandai et, en prime, j'eus droit à un sermon. Combien de temps ça allait pouvoir durer comme ça, à mon avis ? Je n'étais pas au courant que le rédacteur en chef en avait marre de ne pas pouvoir compter sur moi ? Le poste existait, pourquoi je ne le prenais pas ? C'était lui qui m'avait trouvé ce travail, et cela lui donnait le droit à la parole. C'était un bon ami, un Méridional mélancolique flanqué d'une épouse insatisfaite. Il avait quitté son village, un promontoire au-dessus des eaux turquoise de la mer Ionienne, pour venir à Rome faire du journalisme, mais il s'était retrouvé à transcrire des articles écrits par d'autres après les avoir enregistrés sur un disque de cire. L'ineptie absolue de ce travail avilissait les dernières années de sa jeunesse mais, petit, morne, harassé et indomptable, il ne démordait pas.

Je mis les voiles. Dehors, c'était le déluge. Des torrents d'eau se déversaient sur les statues décapitées du Forum, sur les colonnes brisées, sur les palais et les places pavées, sur les stades désolés de l'après-midi, sur les églises sculptées et, de manière absurde, sur les fontaines débordantes. Je patientai un peu sous la porte cochère entre les éclaboussures et les jurons des passants, camarades naufragés qui cherchaient le salut dans des antres, puis, profitant d'une accalmie, je courus le long des murs jusqu'à un petit cinéma du quartier. On y projetait un film avec Marilyn Monroe, ma pauvre chérie que je ne peux imaginer morte, et je le regardai deux fois d'affilée en grignotant des graines de tournesol et en écoutant le tonnerre rouler sur les toits. Quand je sortis, j'étais très amoureux d'elle et très mal disposé à l'égard du monde, car un amour mort c'est déjà assez triste comme ça sans y ajouter de la pluie.

Il y avait une certaine cruauté dans le soir. La foule s'était déversée dans les rues, une immobilité anormale paralysait la circulation et de temps à autre les éclairs grésillants des trams s'allumaient dans le ciel lourd de pluie. Les titres des journaux relayaient des glissements de terrain, des inondations et des retards de trains. Au nord de la ville, le fleuve avait débordé des digues et inondé les champs et, aux arrêts de bus, les gens scrutaient le ciel en silence. De mauvaise humeur, je compris qu'il était trop tard pour aller récupérer la vieille Alfa et je fus obligé de me diriger tout de suite vers le domicile des Diacono. Je me mis en route à pied mais je dus rapidement chercher refuge dans l'entrée d'un magasin encore ouvert. La circulation s'était écoulée comme par enchantement et la rue était déserte. Une radio m'apportait les informations du soir dans la pluie. Elles disaient que la météo allait changer et que le printemps était en train d'arriver dans notre moitié du globe. À cet instant, un taxi apparut. Je l'arrêtai, indiquai au chauffeur la direction à prendre, m'assis sur la banquette et essorai les revers de mon pantalon. Puis je me laissai aller contre le dossier et regardai défiler la ville jusqu'à ce que le taximètre m'informe que je ne pouvais pas dépenser plus.

Le vent se levait quand j'arrivai devant un petit immeuble ceint par un jardin humide et bruissant. Alors seulement, peut-être en raison de l'odeur de terre mouillée, je me dis que j'aurais dû apporter des fleurs à Viola, mais il était trop tard et une faim sauvage me coupait les jambes. Je poursuivis donc, affrontant la dernière épreuve sous la forme d'un ascenseur qui poussa tout le long des geignements menaçants. Au deuxième étage, j'arrangeai mes cheveux et sonnai à la porte. Viola apparut, étonnée. Avant que je puisse ouvrir la bouche, elle eut un petit hoquet et éclata d'un rire irrépressible. Je devais lui faire l'effet d'un sinistré. « Entre Leo, dit-elle en me prenant par le bras. Bon Dieu que je suis contente de te voir. Comment as-tu fait pour nous trouver ? »

À ces mots et à la façon dont Renzo bondit sur ses pieds à mon entrée dans le salon, je compris qu'il avait complètement oublié son invitation. « Leo ! » dit-il d'une voix forte pour la deuxième fois de la journée. Une douzaine de personnes se tournèrent vers nous avec une curiosité placide. Elles étaient enfoncées dans tout autant de fauteuils qui constellaient les vastes tapis et avaient cet air satisfait des gens dont l'estomac est plein. Suivirent des présentations auxquelles je me prêtai les dents serrées. « Tu es tout mouillé, me dit Renzo, plein d'attention embarrassée. Mets-toi à côté du feu. Qu'est-ce qui te ferait plaisir ?

— Un peu de chance. » Mais il s'était déjà tourné et poussait vers moi une desserte remplie de bouteilles. J'hésitai, ça faisait longtemps que je n'en avais pas vu une quantité pareille ailleurs que dans un bar. Je choisis un scotch et, quand la main de Renzo fouilla parmi les bouteilles, la desserte émit un tintement victorieux. Je fus au centre de l'attention le temps que Renzo explique à ses invités combien il m'était redevable pour son livre sur les flibustiers. J'avais toujours été très doué pour aider les autres à travailler, mais Renzo faisait mon éloge avec une telle conviction qu'on aurait dit que c'était moi qui avais écrit son livre. Je dus même répondre à quelques questions sur le sujet avant de pouvoir m'éclipser dans le fauteuil le plus proche de la cheminée pour exercer les deux seuls arts que je maîtrisais à la perfection : me taire et m'adapter aux situations. Mon retour à l'anonymat coïncida avec ma découverte d'un bol de cacahuètes. Viola me rejoignit. « Eh, dit-elle. Tu ressembles à un petit singe avec son butin. » Je posai le bol sur le tapis et elle s'assit sur un bras de mon fauteuil. Je la regardai. Pendant les deux ans où nous ne nous étions pas vus, son visage doux était devenu plus paisible mais ses jambes étaient restées les mêmes, les plus belles que j'avais jamais vues. « Tu accepterais d'être cryogénisé ?

— Seulement si j'étais amoureux.

— Oh, c'est mignon ! dit-elle en riant. Je mène une enquête au terme de laquelle je prendrai ma décision, dit-elle d'un ton grave. Et ne te moque pas de moi. Enfin, parlons plutôt de nous. Qui commence ? et elle fit comme si elle mélangeait un jeu de cartes.

— Toi », dis-je pour me laisser le temps de me ressaisir en m'enfermant dans mes pensées. J'étais un crack, à vrai dire. Sur la base de quelques bien sûr et de quelques peut-être, j'étais capable de donner l'impression à n'importe qui d'être écouté avec sérieux et compréhension. C'est ce que je fis avec elle, profitant en réalité de cette pause pour essayer de remplir le vide lancinant qui, depuis le matin, occupait ma tête. J'aurais donné tout le bol de cacahuètes pour savoir ce que j'avais oublié de faire ce jour-là, mais je n'y arrivai pas et me contentai donc de la chaleur de la flamme sur mes chaussures mouillées jusqu'à ce que le feu et l'alcool produisent sur moi aussi cet effet réconfortant qui les rend indispensables dans les salons, où l'on n'imaginerait jamais que le premier puisse brûler des immeubles et le second vous faire croire que vous êtes en train de mourir de froid le matin ensoleillé le plus lumineux de votre vie. « Je ne supportais vraiment plus cette salle de bain de bric et de broc, dit Viola d'un ton qui semblait conclure des propos que je n'avais pas écoutés.

— Je présume qu'ici tu as une salle de bain magnifique,

dis-je, me souvenant du bel appartement ancien qu'ils habitaient sur le Campo dei Fiori.

— Oh, c'est un vrai palace ! Il faut absolument que tu la voies ! » Pendant un instant, je crus qu'elle allait me prendre par la main pour m'y conduire de force. « Et toi, tu es toujours dans le même petit hôtel du centre-ville ? » Je n'eus pas besoin de lui répondre car, à ce moment précis, une voix s'éleva des fauteuils pour implorer que l'on joue à un jeu de société et Viola dut s'en aller. Resté seul, je passai en revue les gens qui m'entouraient. Pour eux, la pluie n'était qu'un prétexte pour s'habiller de la manière adéquate, ça se voyait tout de suite. Avec leurs pantalons en velours, leurs chemises en laine et leurs grosses chaussures, ils semblaient dire que, oh, ils savaient fort bien comment se passaient les choses, dehors, dans ce monde plein de pluie et de bassesses, mais qu'ils savaient aussi qu'un verre de scotch et des bavardages entre amis rendraient la pression de la multitude contre les remparts tout à fait négligeable.

Nous sommes assiégés et assiégeants, me dis-je au deuxième verre, et les assiégeants sont épuisés par la faim et par la nostalgie de leur foyer. Voilà ce que je pensais tandis que mon regard glissait de plus en plus volontiers vers l'immense canapé en velours blanc qu'un homme et une fille occupaient avec l'air absent de deux volatiles au repos. L'homme, perché sur l'accoudoir dans une posture emmêlée qui laissait deviner sa taille peu commune et d'où ses mains pointaient comme deux ailes courtes et inutiles, évoquait un oiseau ayant perdu le contact avec le ciel au cours de son évolution lointaine.

Quant à la fille, elle était magnifique. Elle se tenait sur ce canapé comme un oiseau migrateur qui aurait trouvé un navire sur lequel faire halte en attendant que passe la tempête. Absente, lointaine, vaguement nerveuse.

Je venais à peine de réussir à reprendre possession du bol de cacahuètes quand Renzo me prit par le bras, m'obligeant à lâcher ma prise et à le suivre parmi les fauteuils. « Et maintenant, qu'est-ce qu'ils promettent ? dit-il, faisant référence aux journaux de gauche pour lesquels il avait travaillé avant de prendre un emploi à la télévision.

— Je ne sais pas, je n'y connais rien en promesses, dis-je d'un ton allusif, mais il était trop concentré sur son discours pour saisir les sous-entendus.

— Un travail à la télé, voilà ce qu'ils promettent, sûrement pas la révolution. En réalité, je n'ai fait qu'anticiper. » Il attendit un signe d'approbation de ma part. Je le lui donnai. « Quand tu voudras un boulot à la télé, tu n'auras qu'à le demander, dit-il alors, tu n'as pas idée des abrutis qui travaillent là-dedans. Il suffit de ne pas être un crétin pour passer pour un génie.

— Ça, c'est sûr ! » dit, avec une vivacité embarrassante, une femme pelotonnée dans le gouffre d'un fauteuil. Elle écoutait le même disque depuis que j'étais arrivé. « Ton ami n'a pas tellement l'air d'un pirate, dit-elle ensuite en me regardant. Au mieux, ce pourrait être un de ces passagers clandestins qu'on trouve chez Conrad. Tu vois, ces types souillés d'un terrible péché, qui l'expient en errant de port en port ? Dieu que je l'aime !

— Qui, lui ? dit Renzo en me montrant.

— Conrad », dit la femme. Le disque était fini et elle le remit au début. Je me demandai qui d'elle ou lui finirait par gagner. Puis elle reporta son attention sur nous. Il n'y avait pas trace de douleur en elle, ni de passion. Une indépendance absolue transparaissait de son comportement, laissant imaginer qu'elle n'était pas venue au monde comme tout un chacun, entre contractions et saignements, mais qu'elle était née toute seule, comme les papillons.

« Dis donc, Eva. Tu vas attraper l'appendicite à force de rester assise », dit Viola, nous rejoignant avant que mon silence ne devienne pesant. Renzo en profita pour m'éloigner et il le fit une fois encore en me prenant par le bras, comme si la pièce faisait la taille d'une esplanade. Certes, elle était grande, mais pas autant que ce geste semblait le suggérer. Au bout de quelques pas, nous tombâmes sur le compagnon de la fille. Il errait dans le salon avec l'air de s'être cogné contre un meuble dans une tentative impromptue de prendre son envol. Elle était seule à présent, sur le canapé en velours blanc. Gênée dans ses gestes par ses très longs cheveux noirs, elle disposait nerveusement des cartes pour un solitaire comme si elle en attendait un verdict salutaire. Renzo poussa la desserte à bouteilles vers elle. Il avait remarqué dans quelle direction allaient mes regards et, avec sa discrétion coutumière, il apportait sa contribution. « Qu'est-ce que tu bois, Arianna ? »

Elle détourna les yeux de son destin. « N'importe quoi pourvu que ça fasse plus de quarante degrés », dit-elle. Au sourire qu'elle me fit, on aurait dit qu'elle n'avait fait que m'attendre depuis le début de la soirée. C'était un sourire qui isolait la personne à qui il était adressé, l'élevant vers des sommets jusque-là jugés inatteignables. Un sourire comme une volée de coups dont le message était sans équivoque : elle n'en avait rien à faire de vous. « Et ce jeu ? » dit-elle comme si le déroulement de la soirée dépendait de moi. Je lui montrai mes mains vides.

« Le voilà ! dit Viola en nous rejoignant avec du papier et un crayon. Toi, suis-moi, hein, dit-elle en me prenant par le bras. Ne va pas croire que tu peux me tromper avec la première jeune nymphe venue ! » Ainsi, je dus regagner mon fauteuil, où je découvris que le bol de cacahuètes avait disparu. Dix minutes après, dans le silence du salon, on n'entendait que le crissement des crayons sur le papier, quelques petits rires et, craignais-je, les grondements de mon estomac. Alors, un autre bruit léger parcourut la pièce. La fille, Arianna, avait quitté le canapé et évoluait miraculeusement parmi les fauteuils. La fragilité de son corps rendait n'importe lequel de ses mouvements courageux, même s'il s'agissait seulement de traverser une pièce remplie d'amis. À chacun de ses pas, ses bottes en caoutchouc brillant émettaient de petits soupirs au niveau de ses genoux. Elle accosta sur le bras du fauteuil de Viola et se pencha pour lui chuchoter quelque chose. Alors, la dénommée Eva intervint. « Enfin, Arianna, arrête ! Mais quelle imbécile ! dit-elle à Viola. Ce matin, en enfilant son chemisier elle s'est griffé un grain de beauté et elle a passé la journée à téléphoner à Venise pour essayer de joindre son médecin. » La fille la regarda à peine, puis elle dit avoir appris que des gens *étaient morts* à cause d'un grain de beauté griffé. « Penses-tu, Arianna, dit Viola. Tu as un médecin de confiance ? »

Bien, les choses en étaient là et la fille était partie téléphoner, quant à moi je cherchais une excuse pour aller manger quelque part, quand Viola, voyant que je ne me décidais pas à écrire mon message anonyme sur le papier, me regarda d'un air pensif et dit : « Tu pourrais aller chercher des glaçons dans la cuisine, s'il te plaît ? Excuse-moi, hein, mais Ernesto n'est pas là, c'est son soir de congé. » Parce que, maintenant, ils avaient aussi un domestique. Elle me donna les indications nécessaires pour gagner la cuisine et m'informa que j'allais la trouver changée, seul le frigo était resté le même. Je fus traversé par une lueur d'espoir, deux ans auparavant leur frigo était le plus rempli de la ville. « Cette vieille branche ! dis-je. Comment va-t-il ?

— Oh, dit-elle. Il est du genre froid, hein, jamais content. Un esthète. » J'étais déjà debout. Dans le couloir, la fille téléphonait, recroquevillée par terre, dans le noir. Je dus l'enjamber et je poursuivis, sentant ses yeux sur mon dos tandis que je palpais le mur à la recherche de l'interrupteur. La lumière s'alluma sur une cuisine aussi éblouissante qu'un bloc opératoire. Le frigo était dans un angle, un peu jaune par rapport aux autres meubles. Paré d'une craquelure semblable à une décoration, il affichait une noble retenue mais je ne me laissai pas impressionner et, après avoir fouillé dans le buffet à la recherche de pain, je me dirigeai vers lui d'un pas décidé. La porte s'ouvrit avec un léger cliquetis.

Il débordait d'air frais et de fromages français. Maintenant la porte ouverte avec mon genou, je mangeai sans scrupule un demi-camembert puis, à l'aide d'un couteau, je fis levier sous le bac à glaçons. Son cœur gelé en aluminium se détacha avec un craquement si tragique que je craignis d'avoir assassiné non seulement le frigo, mais toute la cuisine avec. Tout en continuant de manger, je fis couler de l'eau chaude sur le bac pour l'assouplir puis fis tomber les cubes de glace dans un petit seau et revins au frigo. Sa porte ouverte lui conférait un air outragé. Alors, je fouillai dans le bac à légumes, trouvai une courgette veloutée d'un vert éclatant, la posai sur la blessure laissée par le bac à glaçons et le refermai avec un air de circonstance. Ce ne serait pas le premier esthète à avoir une courgette à la place du cœur et, de toute façon, de ce que j'avais à portée de main, c'était ce qui ressemblait le plus à une fleur.

La fille était toujours par terre dans le couloir plongé dans l'obscurité, et j'allais l'enjamber quand je sentis qu'on m'attrapait par la veste. Ce fut un geste autoritaire, si bien que sans m'en rendre compte je me retrouvai agenouillé à côté d'elle, le seau à glace à la main. Je m'aperçus avec stupeur qu'elle pleurait. Je cherchai quelque chose à lui dire mais je ne trouvai rien, alors je me contentai de rester à côté d'elle tandis qu'une voix masculine ironique et rassurante lui répétait à l'autre bout du fil qu'elle n'allait pas mourir. La fille ne disait rien. Seulement, elle pleurait en écoutant puis, quand la voix disparut, elle se leva, passa le dos de sa main sur son nez et s'éclipsa dans la salle de bain de Viola, me laissant raccrocher le combiné. Je ne le pris pas mal. Je voyais le genre, certaines personnes ont la caractéristique singulière de demander de l'aide en vous donnant l'impression de vous faire une faveur. Je remis le téléphone à sa place et regagnai le salon avec le seau à glace. Juste après, je me mis à frissonner. Je savais ce que c'était. Un des effets les plus désagréables de l'alcool était qu'il déréglait mes centres thermorégulateurs. J'allai fumer une cigarette à côté du feu mourant et, peu après, la fille revint. Son changement était stupéfiant, personne n'aurait pu soupçonner que quelques minutes auparavant des larmes sillonnaient son visage. Elle me survola d'un regard crâne qui me donna l'impression d'être un mouchoir usagé.

La soirée se termina vers trois heures. Les invités abandonnèrent les fauteuils et s'en allèrent comme s'ils obéissaient à un appel. Tout se passa si vite que j'eus l'impression d'assister à un film dont l'opérateur avait doublé la vitesse de projection pour les derniers mètres de pellicule. Mais c'était peut-être un autre effet de l'alcool, je ne sais pas. Toujours est-il qu'en un quart d'heure la pièce était devenue silencieuse, un rideau palpitait devant une fenêtre ouverte et le tourne-disque bourdonnait à vide sous une pile de verres vides et de cendriers pleins.

Viola et la fille complotaient sur le canapé, Renzo

suçotait une pipe vide perdu dans ses pensées et moi je parcourais les titres d'une étagère couverte de livres. Quand je passai aux tableaux accrochés aux murs, l'un d'eux, un train de marchandises abandonné sur une voie désaffectée, me fit penser à la vieille Alfa abandonnée à l'autre bout de la ville et je le dis. « Reste là, dit Viola à Renzo qui allait se lever de son fauteuil. Arianna peut l'accompagner. J'essaie de les jeter dans les bras l'un de l'autre depuis le début de la soirée, tu veux ruiner tous mes efforts ou quoi ? » Sans rien dire, la fille ramassa ses cartes sur la table basse, puis alla dans le vestibule, et Viola en profita pour me jeter un regard complice. Elle réapparut. Elle portait un imperméable en plastique rouge qui crissait fort. Elle glissa son jeu de cartes dans sa poche. « Je suis prête », dit-elle comme si un peloton d'exécution l'attendait dehors. Sur le pas de la porte, il y eut avec Viola un échange de promesses classiques de coups de téléphone et même une invitation officielle à dîner. Autrefois, il me suffisait de me présenter à l'heure appropriée, sans prévenir. « Il faudra que tu descendes à pied, dit Viola. Arianna déteste les ascenseurs. » La fille ne dit rien. Nous descendîmes l'escalier en silence, nous contentant de nous tenir les portes.

Dehors, l'air était parcouru de frissons et de légères bouffées de chaleur. L'hiver et le printemps s'échangeaient les derniers coups. Les saisons changent de nuit, à l'insu des gens, et nous, nous assistions à un spectacle dont la grandeur n'avait d'égale que le silence dans lequel il advenait. Cette nuit-là, rien n'aurait pu ne pas se passer. À côté de moi, la fille, distante, les mains serrées sur son imperméable, les yeux mi-clos, humait avidement le parfum des platanes, satisfaite, comme si elle se trouvait dans son jardin en compagnie d'un hôte occasionnel. Pour me donner contenance, je regardai le ciel.

Il était noir, très haut, sillonné par de grands nuages en déroute.

3

Les horloges au coin des rues marquaient trois heures du matin quand nous montâmes dans sa voiture. La ville séchait au vent nocturne mais il y avait encore des flaques vastes comme des lacs que la petite automobile anglaise longeait en bruissant. La fille conduisait sans rien dire, fière de son profil, et je pensais déjà que j'allais sortir de sa vie comme de celle de n'importe quel chauffeur d'autobus, avec un claquement de portière et un regard dans le rétroviseur, lorsqu'elle secoua ses cheveux et dit : « Tu t'appelles comment, *déjà* ?

— Leo Gazzarra, dis-je. Pour le moment.

— Que c'est triste, dit-elle au bout de quelques instants. Ça fait penser à des batailles perdues. » Bon, avec la journée que je venais de passer, je n'avais pas les armes pour répliquer, alors je me contentai de palper mes habits à la recherche de mes cigarettes. Comme toujours à cette heure-là de la nuit, je fus trahi par l'essence de mon briquet. Je le battis en vain jusqu'à ce qu'elle me dise de regarder sur la banquette arrière, où je trouvai en ordre épars quelques cigarettes, un exemplaire de *Du côté de chez Swann* et un flacon de parfum français. « *Cœur joyeux**, lus-je sur l'étiquette. Tu veux dire que non seulement tu as un cœur, mais qu'en plus il est joyeux ? »

Son petit rire eut un je-ne-sais-quoi de reconnaissant. « C'est mon antidote, dit-elle. Tu habites avec quelqu'un *ou quoi*?

— Ou quoi, dis-je.

— Tu parles toujours comme ça ? » dit-elle.

Nous étions arrivés sur le boulevard où j'avais laissé la vieille Alfa et je ne répondis pas. Personne ne l'avait volée, elle paissait, solitaire. « C'est celle-là, dis-je. Merci de m'avoir déposé.

— De rien, dit-elle. Et excuse-moi pour cette scène dans le couloir. Je suis hystérique, ce soir. »

Elle avait bien fini par le dire. « Pourquoi ?

— Oh, rien », dit-elle en coupant le moteur. Un silence cristallin enveloppa le boulevard. Sur le côté, les maisons semblaient tapies sur les trottoirs et, bien que le ciel restât noir, sans nuances, on sentait que la nuit prenait lentement la direction de l'aube parce que c'est après trois heures que la nuit remonte de ses abîmes, ruisselante de rêves. N'importe quel vigile vous le dira. « Tu en veux une ? dit-elle en me tendant un paquet de cigarettes françaises, très fortes. Elles tueraient un buffle en plein galop.

— Non, dis-je. Ma journée a déjà été assez compliquée comme ça.

— Évitons de parler de journées compliquées, dit-elle. Tu as sommeil, toi ? »

J'étais au bout du rouleau, à vrai dire. « Pas trop, dis-je.

— Moi pas du tout, dit-elle, puis elle resta un moment silencieuse avant de me jeter un regard indécis. Ça ne t'arrive jamais d'avoir peur d'oublier de respirer pendant que tu dors, toi ? » Voilà ce qu'elle dit et, quand je me mis à rire, elle eut un air gêné.

« Bien, dis-je. Les bars sont de bons endroits pour les peurs. J'en connais un certes mal fréquenté, mais ouvert toute la nuit.

— Oh, tu sais, dit-elle en redémarrant comme si elle n'attendait que ça, passé une certaine heure, mes exigences deviennent très modestes !

— C'est de moi que tu parles ?

— Non, dit-elle en souriant. Toi, tu es sympathique. D'où est-ce que tu viens ? Ici, à Rome, tout le monde vient de quelque part, tu as remarqué ? » Son changement d'humeur était surprenant. À présent, elle était presque expansive. « Quelle ville affreuse ! » dit-elle quand je parlai de Milan, puis, craignant de m'avoir blessé, elle dit que n'empêche les trams y étaient beaux et que quand elle y allait elle en prenait toujours un pour en profiter. Elle, elle venait de Venise, comme je le savais, de San Rocco, précisa-t-elle, ce qui me fit penser à la *Crucifixion* du Tintoret et à l'entreprise que ça avait dû être pour ce peintre appelé par un diminutif de réaliser un tableau aussi grand. Je lui demandai pourquoi elle en était partie.

« *Pourquoi* ? Mais enfin, tu ne lis jamais les journaux ?

— Ils ont parlé de ton départ ?

— Oh, seulement les journaux locaux ! dit-elle en riant. Ils sont tous sortis avec leur une bordée d'un liseré noir ! À cause de la mer, dit-elle ensuite. C'est terrible de savoir que tu es en train de t'enfoncer dans la mer. » Je la regardai. J'aimais la regarder. Ses yeux étaient trop grands et sa bouche trop épaisse mais, ensemble, ils affirmaient que le courage restait toujours l'ultime ressource humaine. « *Mais elle est jaune !* » dit-elle d'une voix forte en voyant passer une voiture. Elle connaissait un jeu, une espèce de solitaire sans cartes, qui ne pouvait commencer qu'à la vue d'une voiture jaune en train de rouler. À son passage, il fallait faire un vœu et garder son poing fermé tant qu'on n'avait pas vu du linge étendu, un jeune homme barbu, un chien avec une queue courte et un vieil homme avec une canne. C'était une affaire qui prenait du temps. « Écoute, dis-je, c'est une affaire qui prend du temps. On ne ferait pas mieux d'aller boire un coup puis de rentrer à la maison ?

— J'ai compris, dit-elle. Tu es comme les autres. Bon sang ! Pourquoi est-ce que les gens vivent toujours comme si la vie pouvait se répéter ? » À ce stade, il ne me restait plus qu'à me taire si je ne voulais pas passer pour un petit employé, et donc je me tus pendant que nous entrions dans une station-service de la via Flaminia. Quelques poids lourds, lents et puissants, faisaient vibrer le bitume avant de se perdre dans l'obscurité, vers le nord. Arianna planta son poing fermé sur le klaxon. Au bout de quelques minutes, un type vêtu de jaune sortit de sa cabine et s'approcha en se frottant le visage. « Vous dormiez ? dit-elle avec une candeur feinte.

— Pensez-vous, dit-il. Qui pourrait bien dormir à une heure pareille ? » Mais Arianna ne se laissa pas décourager et lui adressa un de ses sourires radieux, comme si elle était en extase que ce soit *précisément* lui qui nous serve. L'homme en fut si vivifié que, de sa propre initiative, il nettoya même les vitres.

« Bien, dit-elle en redémarrant, mais d'abord, on a faim. Ça t'irait, une viennoiserie encore chaude ?

— Je pourrais même en manger une douzaine », dis-je.

Elle connaissait la nuit comme ses poches. Un quart d'heure après, nous poussions la porte d'une boulangerie cachée dans une cour non loin du palais de justice et entrions dans un enfer immaculé, tout de farine et de gens au travail. Des hommes prenaient en main des amas de pâte flasque et les tapaient contre les tables comme pour les punir de leur malléabilité et d'autres les découpaient en morceaux avant de les enfourner. Et des femmes aux cheveux couverts d'un fichu blanc mélangeaient de la crème dans de grands récipients. « Ah, c'est toi, princesse, dit l'une d'elles. Qu'est-ce que tu veux, ce soir ? » Arianna désigna de nombreux types de viennoiseries sous le regard bienveillant de la femme, qui en remplit un sachet. Elle le prit à deux mains parce que c'était agréable de sentir sa chaleur, ce qui ne l'empêcha pas de voler une madeleine et de me décocher un coup de coude quand, en sortant, je souhaitai une bonne nuit à la cantonade. « Ne leur dis pas bonne nuit ! dit-elle une fois dans la cour. Ils travaillent depuis des heures ! Je culpabilise toujours beaucoup de venir ici, mais à cette heure je ferais n'importe quoi pour une viennoiserie toute chaude, pas toi ? »

Elles étaient chaudes, odorantes et n'avaient rien à voir avec les tristes en-cas sucrés que d'ici quelques heures le reste de la ville tremperait dans ses cappuccinos de petits employés. « Il y a quand même quelques avantages à ne pas cotiser à la retraite », dis-je, mais elle était complètement ailleurs et mastiquait sa madeleine en faisant pensivement osciller son pied au-dessus des pavés de la cour. « Tu cherches des pavés inégaux ? » dis-je alors.

Ma démonstration de culture proustienne produisit son effet. « Ce serait inutile, dit-elle en me scrutant avec curiosité, les madeleines ne sont plus les mêmes qu'autrefois.

— Rien n'est plus comme autrefois.

— Tu démarres bien, dit-elle. Continue.

— Eh oui, dis-je. C'est ainsi, on vit une époque bien triste, mais qu'y faire ? On n'a pas eu le choix.

— Non, dit-elle en réprimant un sourire. On n'a pas eu le choix. As-tu déjà pensé de combien de bonheurs simples le progrès nous a privés ?

— Évidemment. Boire le lait au goulot des bouteilles en verre, par exemple.

— Oui, effectivement, dit-elle. Et puis ? » Alors, j'ajoutai le fait de pouvoir feuilleter les livres sans avoir à les sortir de leur plastique et elle répliqua avec la possibilité de faire éclater les sachets en papier et moi avec celle de couper le jambon soi-même et elle avec celle de marcher sur des semelles en caoutchouc et de casser les décorations en verre du sapin de Noël. Quand je surenchéris avec l'odeur des vieux fauteuils en cuir, elle changea de sujet. « Où est-ce que tu aurais voulu naître, toi ?

— À Vienne avant la fin de l'Empire ? dis-je.

— Pas mal, dit-elle en remontant dans la voiture. Moi, à Combray. Ça t'embêterait de conduire ? Je voudrais voir la ville depuis les terrasses du Capitole. » Nous y fûmes en cinq minutes et allâmes nous accouder au parapet, juste au-dessus du Forum. Au-dessous de nous, les places étaient désertes et les basiliques prises dans le marbre rêvaient au jour du dégel. « Que c'est bête, dit-elle doucement.

— Quoi ?

— D'être nostalgique de quelque chose qu'on n'a jamais eu. » Elle se tourna pour regarder quelques vagabonds qui dormaient sur les bancs, il ne fut pas difficile d'en trouver un jeune et barbu pour son jeu. « Au fond, je les envie, dit-elle. Ils font partie du décor avec un tel naturel. Qu'est-ce que tu fais, comme travail, toi ? » Il était difficile de lui donner une réponse, alors je lui dis que je ne faisais rien. « Comment ça, rien. Tout le monde fait quelque chose. Même moi, bien que je n'en aie pas l'air. Je suis inscrite en architecture depuis des lustres. Qu'est-ce que tu fais de tes journées ?

— Je lis.

— Et tu lis *quoi* ?

— Tout.

— Comment ça, tout ? Même les tickets de tram, les

étiquettes sur les bouteilles d'eau et les arrêtés municipaux pour le déneigement ? dit-elle en riant.

— Oui, mais j'ai une prédilection pour les histoires d'amour », dis-je. Elle me prit au sérieux et dit qu'elle, elle les trouvait exaspérantes parce que pour lui plaire elles devaient finir mal et si elles finissaient mal elles ne lui plaisaient pas. Avais-je lu la *Recherche*? « Je n'ai pas assez de souffle », dis-je, affirmant que Proust comptait parmi ceux qu'il fallait lire à voix haute. L'idée l'amusa et elle voulut savoir de quels autres c'était le cas. Je citai les premiers titres qui me vinrent à l'esprit : la Bible, *Moby Dick* et *Les Mille et Une Nuits.* Cela me parut un choix suffisamment *engagé**.

« Mais tu dois bien avoir des préférences.

— Oui, dis-je. Henry James Joyce, Bob Dylan Thomas, Scotch Fitzgerald et les livres d'occasion en général.

— Pourquoi d'occasion ? dit-elle sans relever mes jeux de mots érudits.

— Parce qu'ils sont moins chers et aussi parce qu'on peut savoir à l'avance avec une relative certitude si ça vaut le coup de les lire.

— Comment ? » dit-elle en s'asseyant sur le parapet. Alors je dis que je cherchais des miettes de pain ou de gâteau entre les pages parce qu'un livre lu en grignotant est forcément un bon livre, et que je cherchais aussi des taches de gras, des traces de doigts et peu de pages cornées. « C'est plutôt sur le dos qu'il faut chercher les pliures, parce qu'un livre qu'on tord en le lisant est un bon livre aussi. Si c'est un livre à couverture rigide, je cherche des taches, des griffures, des éraflures : tous ces indices sont valables, dis-je.

— Et si la personne qui l'a lu avant toi était une crétine ?

— Ah, il faut quand même en savoir un peu sur l'auteur », dis-je, et puis je continuai, disant que, de toute façon, depuis l'avènement de la télévision, la lecture passait tellement de mode qu'elle n'était manifestement plus pratiquée que par des gens dotés d'un certain degré d'intelligence. « Les lecteurs sont une espèce en voie d'extinction. Comme les baleines, les perdrix et les animaux sauvages en général, dis-je. Borges les qualifie d'oiseaux ténébreux et, selon lui, les bons lecteurs sont plus singuliers que les bons auteurs. Il dit que de toute façon c'est un acte postérieur, plus résigné, plus courtois, plus intellectuel. Non, dis-je encore, ce n'est pas ça le danger. Les livres te font une impression différente selon ton état d'esprit au moment où tu les lis. Un livre qui t'a paru banal la première fois que tu l'as lu peut te foudroyer la fois suivante juste parce qu'entre-temps tu as vécu un malheur, ou tu as fait un voyage, ou tu es tombé amoureux. Bref, parce qu'il y a eu un accident dans ta vie. »

Voilà, maintenant elle savait à quel genre de snobinard elle avait affaire. Elle m'avait écouté en silence, les yeux rivés sur le gravier humide du parc. Elle leva la tête. « Tu es marrant, tu sais, dit-elle. Tu avais un air *si tragique* quand tu es arrivé chez Viola.

— C'était à cause de la faim.

— La faim ?

— Oui, tu en as déjà entendu parler ?

— Évidemment, dit-elle en riant tandis qu'on se dirigeait vers la voiture. Ce n'est pas ce truc *indien* qui vient quand on prend un apéritif ? » Une fois arrivée à la voiture, elle s'assit sur le capot et regarda alentour. « Ce serait marrant d'habiter ici, dit-elle. Mais je n'ai pas envie d'épouser le maire.

— Où est-ce que tu habites ?

— Dans la via dei Glicini, dit-elle, soudain rayonnante. Tu sais où c'est ?

— Dans le coin de la via dei Platani.

— Oui, et pas loin il y a une rue qui s'appelle via dei Lillà, et j'aime beaucoup les lilas, et il y a aussi une via delle Orchidee », dit-elle, prononçant ces noms de fleurs comme si les rues en étaient pavées. « Ramène-moi chez moi, dit-elle en me laissant la place au volant.

— Dis-moi où tu habites vraiment », dis-je parce que s'il y avait bien un endroit où ce genre de fille ne pouvait pas habiter c'était précisément ce genre d'endroit. Au lieu de répondre, elle cala ses pieds contre le pare-brise.

Niveau forces, j'étais au bout du rouleau mais je voulais savoir ce qu'elle avait derrière la tête, alors je pris la direction de l'ignoble quartier de la via dei Glicini. Je ne pouvais pas supporter ce coin. C'était un quartier aux rues défoncées, desservies par les trams les plus brancals que j'aie jamais vus. Les maisons tombaient en ruine à peine construites et les enseignes de trattorias fétides côtoyaient celles de magasins d'électroménager et de garages automobiles, devant lesquels des bandes de gamins chevauchant des motos meurtrières poussaient le moteur dans un boucan d'enfer. Les cinémas vomissaient sur les trottoirs des relents de désinfectant bons à vous faire tomber comme des mouches et, dans tout ça, pas un parc, pas un arbre, pas une plate-bande pour protéger les habitants des assauts du soleil estival, si bien que ces noms de fleurs aux coins des rues finissaient par vous donner l'impression d'être dans le rêve d'un malade mental. Qu'est-ce qu'une fille comme elle pouvait bien vouloir faire dans un endroit pareil ? Sans rien dire, j'empruntai les longues lignes droites de la banlieue, vaguement éclairées au néon. Sur les côtés, d'immenses ruches humaines semblables à des columbariums se dressaient dans la nuit. Arianna les observait en silence, avec ses yeux trop grands.

Quand nous eûmes dépassé un luna park décoloré et le mur d'enceinte d'un centre de formation, la voiture commença à se refléter dans les vitrines des magasins d'électroménager. Nous errâmes dans l'air blême jusqu'à ce que je trouve la via dei Glicini. C'était un tunnel de linge étendu ; au moins avions-nous atteint cet objectif-là. Pour le reste, tout était à la gloire du glauque et de l'abandon. « Qu'est-ce qu'on fait ici ? dit-elle. Tu t'es trompé, ce n'est pas ça, *ma* via dei Glicini.

— Il n'y en a pas d'autre.

— Bien sûr que si », dit-elle. Puis, d'un geste hâtif, elle s'empara du flacon de parfum et en humecta ses tempes et ses poignets. L'odeur de lilas qui envahit la voiture rendit en effet la vue de la rue plus supportable. Un gardien de nuit vêtu de noir s'approchait en poussant sa bicyclette.

« Partons, *je t'en supplie*! dit-elle avec un gémissement. Les gardiens de nuit me font peur. »

Elle prit ma main et l'étreignit jusqu'à ce que nous soyons sortis du quartier. Non seulement elle n'habitait pas dans la via dei Glicini, mais elle n'y était jamais allée, dit-elle. Ce matin, elle avait lu une annonce pour la location d'un deux-pièces et les noms fleuris des rues lui avaient évoqué un quartier résidentiel. Sur le plan de la ville, elle avait bien vu que c'était un quartier un peu excentré, mais comment aurait-elle pu imaginer que cet endroit était *aussi horrible*? Oh, qu'elle était malchanceuse ! Je ne dis rien. Elle devait avoir espéré très fort en ces noms de fleurs. Par contre, je me demandai qui elle essayait de fuir, parce que cela ne faisait aucun doute : elle était en plein hissage de voiles. Restait à savoir vis-à-vis de qui. Puis j'appris que c'était de sa sœur. Ce matin, elles s'étaient disputées et elle avait décidé de quitter la maison bien qu'elle fût *authentiquement* terrifiée à l'idée de vivre seule. Et elle avait quitté la maison en n'emportant qu'un livre de Proust, quelques allumettes et un flacon de parfum ? « Et un jeu de cartes, dit-elle crânement. Pourquoi pas ? » Elle ne se déplaçait nulle part sans un jeu de cartes et, pour le reste, dans le feu de la dispute, elle avait oublié ses clés et elle se retrouvait enfermée dehors. Certains éléments de cette histoire m'étaient familiers. Je repensais à ma sortie désastreuse dans la pluie, ce matin-là, quand le souvenir de ce que j'avais oublié m'apparut soudain. Comme ça. J'avais passé toute la journée de mon anniversaire à essayer de me souvenir que c'était mon anniversaire.

« Quoi ? Et tu l'as *oublié*?

— Bah, dis-je, de nos jours les anniversaires ne sont plus comme autrefois », mais je pensais à tout ce que je m'étais promis de faire à partir de ce jour. Puis je regardai le ciel, parce qu'il paraît qu'on regarde toujours le ciel le jour de ses trente ans.

« Tu dois être fou, dit Arianna. Comment est-ce qu'on peut oublier son propre anniversaire ? Moi, je commence le compte à rebours sur le calendrier un mois avant ! » Confrontée à un cas d'espèce si extraordinaire, elle avait oublié la via dei Glicini et tout le reste. « Il faut qu'on le fête quand même, dit-elle. Essayons de trouver un bar. » C'est ce que nous fîmes, tandis que l'aube pointait sur la ville. Des groupes de gens attendaient les premiers autobus dans l'air gris. C'était l'heure à laquelle l'estomac de ceux qui sont restés debout toute la nuit exige quelque chose de chaud, l'heure à laquelle les mains se cherchent sous les draps et les rêves se font plus vifs, l'heure à laquelle les journaux sentent l'encre et à laquelle le jour expédie ses messagers sonores. C'était l'aube, et tout ce qui restait de la nuit, c'étaient deux ombres sous les yeux de la drôle de fille qui m'accompagnait.

« À toutes les choses qu'on n'a pas faites, à toutes celles qu'on aurait dû faire, à celles qu'on ne fera pas », dis-je en levant ma tasse remplie de café au lait brûlant. Arianna rit, dit que cela lui paraissait un toast un peu trop *programmatique* mais qu'au fond ça se tenait. Puis elle se pencha par-dessus la table et déposa un baiser sur ma joue. « Et maintenant, dit-elle en se rasseyant sur sa chaise en métal, raconte-moi quelque chose de marrant. » Nous étions dans un bar au terminus d'une ligne de bus. Autour de nous, il y avait une bonne odeur de café, cette bonne odeur qu'ont les bars tôt le matin, et un jeune homme répandait de la sciure par terre, entre les pieds de quelques chauffeurs qui lisaient le *Corriere dello Sport*. Alors je lui racontai mon histoire de la via dei Glicini, où j'avais donné pendant un temps des cours d'italien à un groupe d'adolescents plus disposés à me taper des cigarettes qu'à interpréter *Les Fiancés* de Manzoni autrement que comme un coït différé. Pour le dernier cours, il était prévu que je leur explique le subjonctif mais je sortais de trois jours de beuverie et j'avais du mal à tenir sur ma chaise. Ils s'en étaient rendu compte et s'étaient mis à me tapoter l'épaule tandis que moi, pour me donner contenance, je faisais comme si ça m'amusait. Mais je n'avais pas réussi à résister jusqu'à la fin et m'étais brutalement écroulé par terre. Je crois que c'est le père d'un de mes disciples qui m'avait ramené à l'hôtel, en travers de la selle de sa moto comme un Indien mort, je ne sais pas, en tout cas ce que je savais c'est qu'ils ne m'avaient pas payé, même pas les cours délivrés en état de sobriété, et j'avais longtemps projeté de kidnapper un des adolescents pour demander une rançon. Arianna riait, puis elle arrêta tout d'un coup et m'observa par-dessus sa tasse. Elle me regardait avec une grande attention, les yeux mi-clos.

« Qu'est-ce qui se passe ? dis-je.

— Rien, dit-elle. J'aime tes yeux gris et je me demandais si je pourrais tomber amoureuse de toi.

— Ce n'est pas obligatoire, dis-je en allumant une cigarette du côté du filtre. Tu peux quand même venir chez moi et y rester tant que tu voudras.

— Tu es sérieux ? » dit-elle. L'idée l'enthousiasma et elle affirma aussitôt qu'elle ne m'ennuierait pas *le moins du monde*, qu'on partagerait le loyer parce qu'elle touchait une rente de cinquante mille lires, c'est toujours ça, et qu'elle préparait le steak Chateaubriand à merveille. Alors j'eus envie de frimer un peu et je dis que c'était hors de question qu'elle le fasse parce que ça me rendait trop triste de penser à un poète passé à l'histoire grâce à un bifteck, alors elle demanda si je tenais aux hommes politiques et nous optâmes pour le steak Bismarck. Après quoi, elle voulut passer au programme de nos journées. On lirait, écouterait de la musique et étudierait, parce qu'elle devait absolument se remettre à réviser pour obtenir ce fichu diplôme et rentrer à Venise où elle intégrerait une équipe de techniciens qui travaillait au salut de la ville, sauf que, oh, vraiment, elle n'arrivait jamais à étudier, elle était tellement désordonnée, mais *tellement désordonnée* ! Quelle heure était-il ? demanda-t-elle bien qu'elle portât une lourde montre d'homme au poignet. Ça ? Oh, une vieille montre de famille. Elle ne donnait pas la bonne heure et elle ne l'avait jamais fait régler parce que comme ça c'était toujours une surprise. Il était six heures et sa montre indiquait huit heures moins le quart d'allez savoir quel jour. « Je reviens », dit-elle en se levant pour aller aux toilettes. Elles étaient fermées et elle dut demander la clé au comptoir. Quand elle revint, elle avait un air dégoûté. « Peut-être qu'ils les ferment parce qu'ils ont peur que quelqu'un entre pour les nettoyer, dit-elle. Qu'est-ce qu'on fait ?

— On va chez moi, non ? » dis-je, réussissant à me dévisser de ma chaise, mais Arianna secoua la tête. Après une nuit passée à fumer, la meilleure chose à faire était d'aller s'oxygéner les poumons à la mer, je ne croyais pas ? Je me demandai s'il existait une chose au monde capable de les détruire, elle et sa fragilité. Elle se mit au volant et, dix minutes après, nous roulions sur la ligne droite menant au littoral, entre des champs couverts de rosée et des pins dont la silhouette noire se découpait sur le ciel pur qui se colorait peu à peu. Comme en proie à un léger délire, Arianna parlait des journées que nous passerions ensemble et moi, les yeux fermés pour me protéger de la lumière, j'écoutais le son de sa voix en imaginant comment il résonnerait dans l'appartement nu en face de la vallée. Bon Dieu, il y avait donc encore quelque chose à sauver, dans ce monde !

La mer surgit soudain au bout de la ligne droite. Nous la longeâmes, elle apparaissait et disparaissait entre les établissements balnéaires. Sur la gauche, les pensions et les hôtels hors saison exposaient leurs enseignes fanées à un vent frais et léger qui agitait les palmiers dans les jardins. Il y avait un grand silence et Arianna aussi se taisait, à présent. Nous nous garâmes au bord de la route, hors de la zone habitée. Le ciel devenait rose mais la mer restait grise, hostile. « Elle a toujours l'air de demander quelque chose, dit Arianna au bout d'un moment. C'est l'eau qui fait cet effet, c'est pareil avec la pluie, on dirait toujours qu'elle demande quelque chose, elle aussi. »

Quand nous descendîmes sur la plage, le vent s'engouffra dans nos vêtements et balaya le peu de chaleur que nous avions accumulée dans la voiture. Elle frissonna. « Froid, dit-elle, flûte », puis elle partit en courant sur le sable humide, les mains dans les poches de son imperméable rouge. En un instant, elle fut loin. Je marchai sur le sable dur du rivage, sur un triste tapis d'algues séchées et de coquillages vides. La mer léchait mes chaussures et peu à peu, sous les offensives du ressac, une dernière barrière s'écroula et mon regard courut vers son imperméable, marionnette rouge dont le vent m'apportait les bruits d'emballage. Alors, je plaçai mes pieds dans les empreintes de ses pas et les suivis. Le vent fit un drôle de jeu quand je la rejoignis, comme s'il arrêtait de souffler puis reprenait, et elle tourna son magnifique visage blessé par le matin. Son imperméable rouge émit d'autres gémissements quand ses bras se levèrent pour entourer mon cou. Je sentis le froid de ses manches et me mis soudain à frissonner. « Tu as froid ? » dit-elle en serrant son corps ferme, menu et chaud, contre moi. Elle souffla dans le col de ma chemise en riant doucement, puis je sentis ses lèvres légères glisser sur ma joue. « Mon pauvre... mon pauvre... mon pauvre... disait-elle doucement d'un ton railleur, qu'est-ce que je t'ai fait... mon pauvre... », et ses lèvres se firent de plus en plus tendres autour de son sourire qui s'éteignait. Elles couvrirent les miennes et je sentis sa langue tendrement obstinée fouiller mes dents et les desserrer. Puis elle se détacha avec une lenteur indicible et, toujours très lentement, elle frotta, pensive, ses lèvres contre le revers de mon imperméable. « Dis donc ! dit-elle en riant. Tu n'as quand même pas envie de faire l'amour, j'espère ! Ça ne me plaît pas du tout, *cette idée que tu as derrière la tête.* »

Elle s'en alla, me laissant seul avec mon embarras. Elle rejoignit un petit groupe de pêcheurs qui tiraient un filet sur le rivage. On voyait de là que leur butin était maigre et les pêcheurs juraient tranquillement sous le ciel qui passait du rose à l'azur. « Regarde ! cria Arianna, s'il te plaît ! » Et alors je vis le sortilège qui altérait le matin. Un vieil homme marchait sur la plage, manquant de tomber chaque fois qu'il levait sa canne pour exciter son chien sale et nerveux à la queue coupée. Arianna ouvrit son poing. Elle l'avait gardé fermé pendant quatre heures. « Ridicule », dis-je, et, avec une maladresse qui me torture aujourd'hui encore, j'essayai d'attraper sa main mais elle la glissa dans la poche de son imperméable.

Les gratte-ciel de l'EUR brillaient maintenant sous le soleil, Arianna secoua ses cheveux avec impatience et abaissa le pare-soleil de la voiture. « Pff. J'aurais été plus inspirée de faire le vœu d'avoir une paire de lunettes noires. Pourquoi est-ce que je fais toujours de mauvais choix ? J'aimais tellement l'idée de venir chez toi et voilà que je suis obligée de rentrer chez Eva ! »

Voilà ce qu'elle dit, me surprenant pour la dernière fois. L'Eva de la soirée était donc sa sœur, qu'elle avait voulu fuir. Mais depuis quand fuyait-on quelqu'un en passant la soirée avec ? Elle dit qu'elles n'avaient pas du tout passé la soirée ensemble. Elles ne s'étaient *pas adressé un mot,* je ne m'en étais pas rendu compte ? Je ne dis rien. J'étais épuisé et je continuais de frissonner. J'étais au bout du rouleau, et maintenant je voulais seulement retrouver mon lit dans la chambre au-dessus de la vallée. Du reste, si une journée est le temps qui sépare le moment où on quitte son lit de celui où on y retourne, il suffisait d'aller se coucher pour mettre fin à celle-ci. Qui avait été abracadabrante, à vrai dire. « Je te raccompagne à ta voiture ? » dit-elle quand nous eûmes regagné le centre. Les éclats d'un soleil bas et incisif bondissaient par-dessus les toits pour aller se ficher dans les fenêtres des immeubles, les fontaines et la carrosserie des automobiles. Dans les rues sèches, quelques vastes taches poussiéreuses indiquaient l'emplacement des flaques disparues. « Non, merci », dis-je. Nous étions arrivés sur les pentes de Monte Mario et nous nous arrêtâmes pour laisser passer une file d'hommes sortis d'un marché. Ils portaient stupidement de grands bouquets de fleurs.

« Appelle-moi, hein », dit-elle quand nous fûmes arrivés en bas de chez moi. Je la regardai. Elle était d'une beauté douloureuse. « Bien sûr », dis-je. Puis je descendis de la voiture et traversai la cour, sentant de nouveau, comme dans le couloir des Diacono, le poids de son regard sur mon dos. Devant la porte, je m'arrêtai pour écouter sa voiture s'éloigner. Sa disparition laissa place à un silence insoutenable. « Bonjour, monsieur

Gazzarra », dit la concierge. Je dis quelque chose et commençai à monter l'escalier, les jambes tremblantes. Les marches me paraissaient plus hautes que d'habitude et je trébuchai plusieurs fois. Cela me rappela d'autres retours dans les cages d'escalier étroites des hôtels où j'avais habité, lors de confuses matinées de cuite. Comme alors, la première chose que je fis en rentrant à la maison fut d'essayer de me réchauffer. Je traversai l'appartement qui puait le tabac et le renfermé et, dans la lumière incertaine filtrant à travers les persiennes, j'allai à la cuisine prendre la magnifique bouteille de Ballantine's griffonnée et blasonnée que je réservais à mes crises de froid. Je la remplis d'eau bouillante puis avalai deux aspirines et me laissai tomber sur le lit en la serrant contre mon estomac.

Mais j'avais toujours froid. Alors, je fis quelque chose de stupide. Je me mis à pleurer.

4

Je me levai de mon lit quatre jours plus tard et, secoué par des éternuements sauvages, je montai dans un autobus et allai récupérer la vieille Alfa avec la sensation qu'il s'agissait d'un bout de moi perdu à la suite d'une explosion. En rentrant, je m'arrêtai acheter d'autres aspirines et quelques provisions puis je m'enfermai chez moi, décidé à ne pas en sortir tant que le monde ne m'aurait pas présenté ses excuses.

Il fit de son mieux, à vrai dire. Les journées étaient tièdes et le ciel d'un bleu désarmant mais, d'une certaine manière, ce temps magnifique ne faisait qu'accroître mon angoisse. J'errais dans l'appartement en proie à un invincible sentiment d'inutilité. Même quand je me mettais sur le balcon pour lire ou quand j'allumais une cigarette, je me surprenais à me demander pourquoi je le faisais. Je ne descendais l'escalier que pour aller chercher mon courrier sans savoir au juste ce que j'attendais d'y trouver si ce n'est la sempiternelle publicité pour la lessive, que je glissais dans la boîte à lettres d'à côté. Une fois, je reçus une carte postale de

Graziano Castelvecchio. Il était en Crète et disait : « Que des cailloux, n'y va jamais. » Une autre fois, il y avait une lettre de mes parents que, somme toute, j'aurais préféré ne pas recevoir, et pas tant parce que ma mère se plaignait de ne pas m'avoir vu depuis un an que parce que mon père m'envoyait de l'argent pour que je lui achète une série de timbres du Vatican, ce qui signifiait me lever à l'aube pour faire la queue devant la poste de Sa Sainteté.

Mais les occasions de lui rendre service étaient devenues si rares que le lendemain matin, abruti par mes bâillements, j'étais dans la petite foule de ces maniaques pleins de dignité que sont les philatélistes. Vers dix heures, après avoir envoyé les timbres en recommandé, la beauté du matin me poussa à aller lire sur les berges du fleuve. La péniche amarrée était déserte et je m'installai sur un transat, mon livre sur les genoux, mais je n'arrivais pas à me concentrer et je finis par fermer le livre pour écouter la rumeur légère du trafic sur les ponts et regarder les rameurs qui glissaient sur la surface de l'eau comme de grandes libellules. Vers deux heures, j'eus faim et allai chez Signor Sandro. La première personne sur qui je tombai fut Annamaria. « Incroyable ! » dit-elle. Je ne l'avais pas revue depuis que le journal où elle travaillait l'avait licenciée parce que, dans sa nécrologie d'une personnalité romaine, elle avait mis le nom du mort parmi ceux des éplorés qui suivaient le cercueil. « Qu'est-ce que tu fais si loin de chez toi ? dis-je.

— J'habite dans le coin, maintenant, dit-elle. Dans la rue machin, dans la rue... » Elle donnait parfois l'impression de peiner à se souvenir ne serait-ce que de son prénom mais nous avions passé de bonnes soirées ensemble.

« Qu'est-ce que tu fais ce soir ?

— Je ne sais pas. Depuis que je suis au régime, j'ai un certain succès auprès des hommes.

— Seulement auprès d'eux ? » dis-je, me souvenant d'une aventure qu'elle avait eue avec une comédienne très célèbre.

Elle rit. « Et toi, comment ça va, avec les filles ? » La douleur logée en plein milieu de ma poitrine se mit à m'élancer. Alors je me décidai, je demandai un jeton et allai au téléphone. La voix masculine qui me répondit était très compassée et, quand je demandai à parler à Madame, il eut une hésitation professionnelle. Quelques secondes plus tard, j'entendis la voix de Viola. « C'est Leo, dis-je, et elle eut un de ses petits rires. Arrête de rire chaque fois que je donne des nouvelles.

— Je ris quand ça me chante, dit-elle. On peut savoir où tu étais passé ? Ça fait une semaine que je te cherche à ton fichu journal. Tu ne travailles jamais ?

— J'ai été malade, dis-je.

— Je ne veux rien savoir. Je veux que tu viennes chez moi aujourd'hui pour me tenir compagnie. On boira du thé et je raccourcirai des vieilles jupes. » Au fond, c'était ce que j'avais cherché, alors, à cinq heures, l'heure où les marquises font approcher leur voiture et sortent, j'allai chez elle.

Elle était assise à côté de la fenêtre, avec la radio allumée et quelques centaines de jupes éparpillées sur le tapis. Repoussé dans un coin, le canapé en velours blanc ressemblait à un radeau abandonné. Je m'y assis pour prendre le thé. « Aujourd'hui, Arianna m'a demandé de tes nouvelles », dit Viola en enlevant une jupe pour en essayer une autre. Ce fut comme si, au bout d'une semaine, un tambour arrêtait soudain de battre.

« Comment elle va ? dis-je.

— Elle est hystérique à ton sujet. Elle dit que tu l'as brutalement laissée tomber et que tu n'as pas donné de nouvelles. »

Eh bien, elle avait été gentille de raconter les choses de cette façon. « Tout va bien avec sa sœur ?

— Bien sûr. Elles passent leur temps à se disputer et à faire la paix.

— Elle est imprévisible.

— Elle est belle, très cher, et les gens beaux sont toujours imprévisibles. Ils savent que quoi qu'ils fassent ils seront pardonnés. » Elle ramassa une autre jupe. « Ah, très cher ! soupira-t-elle, la beauté, c'est même mieux que la richesse, parce que la beauté ne pue jamais la souffrance et la conquête. Elle vient directement de Dieu. Ça suffit à en faire la seule véritable aristocratie humaine, non ?

— Très profond.

— C'est juste un constat, dit-elle. Je ne fais que des constats en ce moment, d'où ça peut bien venir ?

— Je l'ignore. Tu as essayé d'en parler à un médecin ?

— Arianna l'aurait fait, dit-elle en riant. Depuis qu'elle a séjourné en clinique, elle est incapable de vivre sans eux. Tu sais qu'elle devait même en épouser un ? Puis elle est venue à Rome et ça ne s'est pas fait.

— Quelle clinique ? » dis-je. Quelle clinique je voulais que ce soit, un de ces endroits horribles où les gens entrent un peu nerveux et dont ils ressortent fous à lier. Enfermée là-dedans, elle passait son temps à dormir et à faire des solitaires. Quand Eva l'avait appris, elle était montée dans le premier train pour Venise et l'avait emmenée à Rome. Je restais pour le dîner, naturellement. « D'accord », dis-je, pensif. Je me sentais comme si c'était vraiment moi qui l'avais larguée, ce matin-là. « Pourquoi elles se disputent ? » dis-je au bout d'un moment. Oh, pour tout un tas de raisons aussi futiles les unes que les autres. Et puis il ne fallait pas oublier que les nerfs d'Arianna étaient encore un peu fragiles. Elle ne pouvait aller nulle part sans son flacon de parfum et son jeu de cartes. Une fois, elle avait oublié ses cartes chez elle et elle avait erré dans les rues en pleurant, je le savais ? « Non, dis-je. Je ne le savais pas. »

« Puis-je préparer le dîner, Madame ? » L'après-midi était terminé et le soir se répandait par les fenêtres. Viola sursauta et alluma la lumière. Un petit homme à la voix profonde et portant une veste à rayures se matérialisa. Il sortait de son après-midi de liberté avec un air contrit. « Je crois qu'il a des ennuis avec l'apprenti du boulanger, dit Viola quand il fut parti. Ça fait quinze jours qu'il nous oblige à manger des galettes en boîte, soi-disant parce que c'est bon pour la ligne. » Je l'écoutais à peine. « Qu'est-ce qu'il y a ? dit-elle.

— Rien », dis-je. Arianna enfermée dans cette clinique

en train de faire des solitaires, voilà ce qu'il y avait, et aussi cette angoisse qui me collait à la peau et cette douleur en plein milieu de ma poitrine. Ma vie à la manque qu'il fallait changer, voilà ce qu'il y avait.

On entendit un coup de sonnette discret et, cinq minutes après, Renzo apparut. « Ce bon vieux Leo ! dit-il en me donnant une bourrade. Je rêve d'une partie depuis ce matin ! » Il était joyeux, très sûr de lui et du fait que moi aussi j'avais envie de jouer aux échecs. Je me levai à contre-cœur pour aller m'asseoir en face de lui. La bataille fut courte et sanglante. Après deux ouvertures circonspectes, je me laissai déborder par mon angoisse et provoquai quelques cliquetantes échauffourées entre des pions, qui me coûtèrent un fou. Alors je déchaînai mes cavaliers et réussis à rétablir la situation en coinçant le roi dans un siège désordonné. Toujours est-il qu'il paraissait sur le point de faire ses bagages pour partir dans le Sud quand la reine, ayant sans doute promis quelque secrète luxure à des pions désespérés, organisa une sortie qui sauva le royaume. Les duels à l'épée entre les tours commencèrent et les estocades se succédèrent jusqu'à ce que l'une d'elles me transperçât. Renzo laissa échapper un ricanement. Se frottant les mains, il appela le majordome et lui demanda d'apporter une bouteille de chablis.

« Bravo, mon amour ! » dit Viola à table en l'embrassant sur le front. Renzo minimisa avec une modestie excessive, et elle rit. Je les observai. Le chablis était frais et me requinquait, mais pas assez pour que j'encaisse le choc provoqué par leurs cajoleries. Toute la soirée, je me sentis très seul devant la télévision allumée, puis la présence contrite du majordome assis au fond du salon finit par m'exaspérer. Alors je sortis et allai chez Signor Sandro.

Oui, Annamaria était passée, mais elle était partie depuis dix minutes.

La fin du mois approchait et il me fallut aller régulièrement au journal afin de payer le loyer sans être obligé de contrefaire ma voix au téléphone. Puis, un après-midi, un téléphone des cabines sonna et Rosario alla répondre. « C'est pour toi », dit-il avec la tête de quelqu'un qui n'avait pas l'intention de me servir de secrétaire. C'était Viola, qui m'invitait au théâtre le soir même. « Habille-toi bien, dit-elle. On sera tous sur notre trente et un.

— Je ne sais pas si j'ai envie.

— Oh que si, tu as envie », dit-elle. Ainsi, je rentrai à la maison dans les embouteillages du soir. Je trouvai un mot fixé sur ma porte à l'aide d'une épingle à cheveux. « Je suis seule, riche et attirante. Ça te dirait, un western ? Claudia. » Je le lus deux fois puis le mis dans ma poche et téléphonai à la blanchisserie pour qu'on me livre mes chemises. Je procédai avec le plus grand calme. D'abord, j'allumai le tourne-disque et me déshabillai, puis j'exhumai un costume sombre commandé dans un moment de folie des grandeurs au tailleur du comte Sant'Elia et étendis mon pantalon sous le matelas. J'ouvris tous les robinets de la salle de bain parce que j'aimais entendre l'eau couler et me couchai dans la baignoire pour réfléchir. Je réémergeais quand j'entendis sonner pour les chemises, enfilant une robe de chambre rouge que Serena avait oublié d'emporter au Mexique. Je vérifiai que mes boutons avaient été recousus, payai et allai récupérer mon pantalon de sous le matelas. Il était impeccable, alors je brossai, avec deux brosses différentes, ma veste et mes chaussures, et me vêtis avec autant de soin qu'un torero.

Les Diacono arrivèrent en retard au rendez-vous et, quand nous entrâmes dans le théâtre, sur scène une jeune fille invoquait sa jeunesse perdue. C'était une adaptation particulièrement brancale des *Trois sœurs*, rendue passionnante par les efforts désespérés du metteur en scène et des comédiens pour massacrer le texte et par la merveilleuse résistance ironique de ce dernier. La tension provoquée par le résultat final incertain était si grande qu'à l'entracte tout le monde se précipita au bar. Les amis des Diacono étaient tous là, bien entendu, et ils arrivaient à faire groupe même parmi la foule de plusieurs centaines de personnes assoiffées. Eva vibrait sous la lumière d'un immense lustre en cristal. À ses côtés, l'homme-oiseau tenait deux verres, dont un auquel elle sirotait de temps à autre une gorgée distraite. Il avait une bande élastique autour du poignet, comme si quelque ornithologue l'avait capturé et relâché avec cette bague pour suivre ses migrations. Arianna n'était pas avec eux. Je ne la vis qu'à la fin du spectacle, quand je dus me jeter dans la cohue du vestiaire pour récupérer la veste de Viola, et je ne l'aurais même pas remarquée si je n'avais pas entendu sa voix. Elle était en compagnie d'un petit homme gras à lunettes et traversait le hall en réclamant une vodka. Tout ce que je tirai de son passage fut la perte de la bonne place que je m'étais conquise dans la queue pour le vestiaire, et de ce fait je fus un des derniers à atteindre mon but. « J'ai connu des assistants plus doués que toi, dit Viola tandis que je l'aidais à enfiler sa veste. Allons-y, on est attendus chez Eva pour boire un verre.

— Je crois que je vais rentrer chez moi, dis-je.

— N'essaie même pas », dit-elle, et ainsi nous nous rendîmes chez Eva. Son petit immeuble blanc ressemblait beaucoup à celui des Diacono, mais le jardin était plus grand, et, derrière quelques buissons, une piscine vide béait en attendant l'été. Dans le salon, il y avait l'abondance coutumière de fauteuils, et quelques tableaux, dont un De Chirico sans doute authentique et un Morandi sans doute faux. Dans les fauteuils, la faune habituelle : un quinquagénaire impassible que tout le monde interpellait par son très long prénom, à la différence de celui très court sous lequel il était connu parmi les écrivains humoristes, un jeune journaliste de gauche nommé Paolo qui, racontait-on, avait une tactique secrète avec les femmes, et un romancier doté d'une moustache blanche et d'une villa vénitienne dans le Frioul. Le groupe comptait également l'ex-femme d'un présentateur télé obligée de faire une tentative de suicide chaque fois qu'elle voulait toucher sa pension alimentaire, un poète barbu et enjôleur qui travaillait pour le parti communiste, un sympathique envoyé spécial victime d'un infarctus en Amérique latine et une actrice qui n'avait que la romancière Compton-Burnett à la bouche. Ce soir-là se trouvaient aussi sur un même canapé un jeune homme à l'air russe équipé d'une guitare, un mannequin de haute couture amoureuse d'un photographe homosexuel et une aristocrate déchue amoureuse d'un pilote d'Alitalia que personne n'avait jamais vu. D'autres personnes se joignaient à ce noyau dur pendant des périodes plus ou moins longues, et étaient assimilées puis expulsées en vertu d'une sorte de processus métabolique qui assurait la continuité du groupe. Ces phénomènes se produisaient essentiellement l'hiver, parce que l'été ils disparaissaient tous dans des directions différentes. Amours balnéaires, voyages, aventures, toutes les occasions étaient bonnes pour que chacun vaque à ses occupations. Mais dès que le ciel devenait moins métallique, moins dur, dès que les arbres commençaient à chanceler sous un vent porteur de nuages, dès que les journées s'écroulaient dans les profonds crépuscules violets d'octobre, les téléphones se remettaient à sonner d'un bout à l'autre de la ville et les membres du groupe, épuisés et bavards, se réunissaient à nouveau.

« Alors, tu as expié ton péché ? » dit Eva. Sa familiarité me surprit. « Qu'est-ce que tu me racontes sur Arianna ? » Arianna n'était pas là, et je lui racontai ce que j'avais vu dans le hall du théâtre. « Ah oui, dit-elle. Elle était avec le metteur en scène du spectacle. Il faut toujours qu'elle embarque quelqu'un dans ses caprices. » Et donc Arianna devait lui avoir tout raconté à elle aussi. Peut-être le matin même, après notre nuit partagée, assise sur son lit en buvant du thé et en grignotant des madeleines. Fantastique. « Tu connais Livio Stresa ? » dit-elle ensuite en attrapant par le bras l'homme-oiseau qui passait à côté de nous à la recherche d'un accoudoir où se percher. Son nom me dit quelque chose et, au bout de quelques secondes, je fis le lien avec un célèbre joueur de tennis à présent sur le déclin. Il avait été très bon quelques années auparavant et avait même joué en double avec Pietrangeli, puis il avait disparu tout à coup des tournois officiels. Voilà, maintenant je savais ce qu'il était devenu.

Une demi-heure après, Arianna entra en ouvrant grand la porte. « À Moscou ! À Moscou ! À Moscou ! » cria-t-elle et, à la tête du metteur en scène qui la suivait, on aurait dit que, de tout le temps qu'ils avaient passé ensemble, elle n'avait pas arrêté de singer cette réplique. Elle s'était attaché les cheveux et paraissait très heureuse. « Dites-moi, Tchéboutykine, s'exclama-t-elle en se laissant tomber tragiquement dans un fauteuil, vous avez aimé ma mère ? »

« Dis-moi Irina, dit à son tour Eva en s'approchant d'elle, qui est-ce qui frappe au plancher ?

— C'est le docteur Ivan Romanytch. Il est ivre. Quelle nuit angoissante ! Tu l'as entendu dire ? On nous retire la brigade !

— Oh, ce ne sont que des bruits !

— Nous resterons toutes seules ! Ma chérie, ma gentille sœur, dit Arianna en tendant les bras vers Eva, j'estime, j'apprécie le baron, c'est un homme excellent, je veux bien l'épouser, j'y consens, seulement, allons à

Moscou ! Moscou, c'est ce qu'il y a de mieux au monde ! À Moscou ! À Moscou ! » Le metteur en scène intervint, gêné, pour dire qu'elle avait mélangé les personnages, et les rires se firent plus forts. L'écrivain à la moustache blanche toussait comme s'il avait avalé de travers tandis qu'Arianna et Eva savouraient leur succès, les yeux pétillants. Elles étaient assises dans le même fauteuil, heureuses, insolentes et seules.

« Dis donc Arianna, dit Eva après m'avoir jeté un coup d'œil, *cet ami à toi* est toujours aussi sérieux ?

— C'est à cause de la faim, dit-elle.

— Cette fois, c'est à cause du sommeil, dis-je.

— Eh bien moi, j'ai faim. Accompagne-moi à la cuisine », dit-elle en me tendant la main. Je la suivis et, une fois encore, nous nous retrouvâmes dans un couloir obscur puis dans une cuisine et moi encore devant un frigidaire. Il y a tout de même quelques repères fixes, dans la vie. Arianna me parla en garnissant un sandwich avec des restes de poulet. « N'imagine pas que tu peux me traiter de cette façon, hein, dit-elle. Pourquoi tu n'as pas téléphoné ? J'ai été obligée de demander à Viola de t'inviter au théâtre, comment c'est possible ? Non, attends, dit-elle en levant sa main libre, ne réponds pas. Allons dans ma chambre. Je déteste manger dans la cuisine, j'ai l'impression d'être une cuisinière. »

Elle me conduisit dans une pièce étroite couverte sur toute sa longueur par une étagère débordant de livres, revues de mode, disques et de quelques sous-vêtements dont elle se saisit et qu'elle enferma dans un tiroir d'un haussement d'épaules. Pour le reste, l'ameublement était minimaliste, une table couverte de règles, d'équerres et de livres d'architecture poussiéreux, un lit et, au mur, une reproduction de Klee et un poster géant de Picasso devant son chevalet. « C'était la chambre de la bonne, dit-elle, mais depuis qu'Eva a divorcé, on se passe d'elle. » Une porte donnait sur une petite salle de bain. Une feuille tapée à la machine était fixée au montant par une punaise : *8 h réveil et toilette; 9 h petit déjeuner; 10 h fac jusqu'à 13 h, déjeuner puis dormir jusqu'à 16 h sans tricher; 16 h 30 (après avoir triché) lire, écrire des lettres à la maison, étudier surtout ce qui n'est pas trop dur; 18 h magasin d'Eva; 20 h quartier libre; 24 h obligatoirement AU LIT !*

« Ne prends pas ça trop au sérieux, dit Eva en passant sa tête à la porte. Arianna y passe ses journées, à écrire des programmes.

— *Pardon*, de quoi tu te mêles ? dit Arianna.

— De mes affaires, dit Eva. Et vous feriez mieux de nous rejoindre. Tu as un devoir d'hospitalité toi aussi, tant que tu vis sous ce toit.

— Je dois parler avec Leo.

— Leo comprendra » fut la réponse. Alors qu'elles se fixaient d'un air dur, je désirai vivement être ailleurs parce que s'il y avait bien une chose que je ne supportais pas, c'étaient les scènes de famille. Arianna détourna ses yeux du visage d'Eva, y laissant deux traces rouges. « Tu viens me chercher après le concert, demain ? » dit-elle. Je demandai quel concert. Elle me le dit.

« Si tu veux, dis-je.

— Comment ça, *si je veux* ? » Il y avait une averse de grêle dans sa voix. Un vent glacial m'atteignit et j'en profitai pour mettre les voiles. Dans le salon, je croisai le regard amusé de Viola, mais à part elle personne ne semblait avoir remarqué notre absence. Ils écoutaient tous le jeune homme à l'air russe qui chantait des chansons à l'air russe. En revenant, Arianna s'assit dans le fauteuil le plus éloigné du cercle qui s'était formé autour du chanteur. Le courroux avait laissé une ombre dans ses yeux trop grands. Je m'approchai. « Le rendez-vous tient toujours ? dis-je en lui tendant une cigarette.

— *Si tu veux* », dit-elle en la prenant. Je m'aperçus que sa main tremblait légèrement, mais quand elle se pencha vers la flamme du briquet, elle avait déjà retrouvé son air crâne.

Le lendemain après-midi, pour rester calme, j'allai au cinéma mais le film était mortel et, pour la première fois, les visages émaciés et les trafics secrets de la faune de laissés-pour-compte qui peuple les séances de l'après-midi me mirent dans un état de grande tristesse. Alors je sortis marcher dans les ruelles, les poings serrés. Le rendez-vous était dans plus d'une heure et je sentais avec une lucidité sauvage combien chaque minute qui passait était une minute en moins de ma vie. À sept heures moins le quart, je m'arrêtai devant l'église où le concert avait lieu. Du Mozart. À sept heures, la petite porte s'ouvrit sur un ruisseau humain qui s'écoula aussitôt dans la ruelle. J'attendis sans bouger. La porte se rouvrit et deux jeunes gens en sortirent, puis quelques vieilles dames. Ensuite, elle resta fermée. D'un bond, je traversai la rue. À l'intérieur, les derniers musiciens rangeaient leurs instruments dans leurs étuis et un prêtre faisait le tour des autels pour éteindre les bougies. Il me regarda. « C'est fini », dit-il. Je refermai la porte et m'assis sur les marches sans savoir que faire. La ville était si vide que le vieillissement de ses palais était palpable.

Il ne se passa rien pendant une heure et demie. Puis elle arriva. Elle était en voiture, avec Livio Stresa. « Excuse-moi, hein, dit-elle par-dessus la vitre, mais on a passé l'après-midi à bavarder sur mon lit et je n'ai pas vu l'heure. » Bien, maintenant que j'étais informé, je pouvais être content. Je me levai en époussetant mon pantalon. « Tu es énervé ? dit-elle tandis que je montais dans la voiture. Ne dis pas non, ça se voit que tu es *très* énervé. » Livio Stresa, assis à l'arrière, posa une main sur mon épaule. « Il faut savoir, dit-il, que pour les deux frangines l'heure d'un rendez-vous est celle à laquelle on commence à se maquiller. » Son geste me heurta. « Et pour quelqu'un qui ne se maquille pas ? » dis-je. Il retira sa main et se remit à parler avec Arianna. D'Eva, évidemment, et de son magasin, vers lequel nous nous dirigions.

Magasin, façon de dire, c'était plutôt un petit appartement dans le coin de la Trinité-des-Monts qui ne débordait pas de babioles comme les autres boutiques d'antiquaires, mais n'exposait que quelques meubles. On comprenait tout de suite qu'il suffisait d'en vendre un pour être tranquille pendant un mois et je pensai au magasin de mon père, à son commerce minutieux et patient de papillons en papier, à ses épais catalogues, ses loupes, ses pinces et à l'odeur de colle qui ne le quittait jamais, même à la maison. « Dis donc, c'est à cette heure que vous arrivez ? » dit Eva quand nous entrâmes. Installés dans les fauteuils, il y avait le jeune journaliste de gauche, l'écrivain humoriste et le mannequin de haute couture. Elle était très grande, bien plus grande que les grands couturiers. Ils buvaient l'apéritif et Arianna attrapa deux olives dans une coupelle. « On s'en va », dit-elle en m'en tendant une. Eva protesta, il était prévu que l'on mange tous ensemble, et ne nous salua pas quand nous partîmes. « Pff, dit Arianna en sortant, pourquoi est-ce que vous ne vous appréciez pas ? »

Nous allâmes dans une cave tapissée de bouteilles du côté de la piazza del Popolo. Arianna commanda un xérès mais elle était nerveuse et ne se décidait pas à le boire. « Que je suis malchanceuse, dit-elle, je ne sais jamais quoi faire !

— Pourquoi tu ne fais pas un solitaire ? » Je ne sais pas pourquoi je dis ça, et sur ce ton. Je sais que la vue de toutes ces bouteilles me donnait envie de boire et que j'avais envie de me disputer. Mais elle ne réagit pas. Elle ne dit rien. Son visage courageux frémit un peu et elle posa son verre sur le comptoir. Puis elle fit un étrange signe affirmatif de la tête et sortit. Je ne bougeai pas. Je m'emparai de son verre de xérès et le finis lentement, en essayant de me calmer. Au bout d'un moment, je retrouvai ma lucidité et sortis moi aussi, m'arrêtant sur le seuil pour regarder la marée humaine qui ruisselait sur le trottoir.

« Eh. » Elle était derrière moi, dans l'ombre d'une porte.

« Écoute, dis-je. Je crois que je t'aime.

— Oh, je t'en supplie ! dit-elle. Ne dis pas ça ! » Et à cet instant précis il se passa quelque chose, une explosion feutrée et une chute feutrée tandis qu'une voix de femme s'élevait, surprise, et que le contenu d'un sac en plastique rempli d'oranges roulait sur le trottoir. La femme me demanda de l'aide et moi, machinalement, je m'accroupis entre les pieds des passants dans un trafic de mains et de petits rires. Quand j'eus fini, Arianna s'était encore plus retirée dans l'ombre de la porte. Alors je lui tournai le dos et nous restâmes longtemps ainsi, elle dans l'ombre et moi humant le parfum des oranges qui m'était resté sur le bout des doigts, regardant la marée humaine et m'agrippant à ses rives. « Ne redis jamais ça, dit-elle d'une voix sourde. *Promets-le-moi.*

— D'accord, dis-je.

— Bien », dit-elle, et sa voix sortit de l'ombre comme un court solo de guitare dans une symphonie, d'abord circonspecte, puis de plus en plus éclatante note après note. « Où est-ce que tu m'emmènes manger ?

— Chez Charlie ? » C'était le restaurant le plus à la mode de la ville.

« Tu es fou », dit-elle en riant. Puis elle ramassa une orange oubliée sur le trottoir et se mit à l'éplucher. « Allons n'importe où et restons tout près l'un de l'autre, ça suffira.

— Ça ne suffira pas du tout », dis-je.

J'avais en poche l'argent pour le loyer et l'envie de le dépenser en entier. J'y arrivai presque dans un restaurant voisin, chic et cher, avec des serveurs aussi rigides que leurs plastrons. Nous commandâmes des cœurs de palmier, du steak au poivre et du bourgogne. « Que c'est bon d'être riche ! dit-elle. C'est tellement rassurant ! À Venise je ne m'en étais pas aperçue, j'ai découvert ça ici, à Rome. Mais à Venise j'avais Eva, alors qu'ici je ne l'ai plus. » Je n'imaginais pas comment était Eva, autrefois ! Maintenant, c'était devenu une snob hystérique mais, oh, elle n'oublierait jamais comment elle était quand elle était jeune ! Dieu, quelle horreur de vieillir ! Elle, elle ne voulait pas vieillir, *pas question* ! Pour nous les hommes c'était différent, plus on vieillissait plus on devenait séduisants, d'ailleurs j'étais *trop jeune* pour ses goûts, je le savais ? Mais les femmes ! Quelle horreur de vieillir, pour les femmes ! Pourtant, s'il n'y avait pas eu Eva, elle serait morte ou elle aurait complètement perdu la tête, je le savais ? Mais comment pouvait-elle lui pardonner d'avoir détruit Livio de la sorte ? Avec ses flirts et ses marottes nocturnes, elle l'avait obligé à rester debout jusqu'à quatre heures du matin même quand il s'entraînait, jusqu'à ce qu'il arrête de jouer et, quand il avait arrêté de jouer, elle avait divorcé. Parce que Livio Stresa avait été le mari d'Eva, je le savais ? Voilà ce qu'elle dit, alors je repensai à lui dans le hall du théâtre, en train de lui tenir son verre, et je compris qu'en effet sa vie devait être assez déprimante. Toutefois, je n'arrivais pas à ne pas le mépriser un peu. Pourquoi est-ce qu'il ne partait pas ? Quels drôles de gens, ils passaient leur temps à essayer de se quitter, terrorisés à l'idée d'y parvenir.

« Bien, dit-elle, dégelant d'un sourire le serveur qui remplissait son verre. Ça suffit avec les histoires tristes.

Raconte-moi quelque chose de marrant, comme l'histoire du subjonctif quand tu étais soûl.

— Non, dis-je. Filons d'ici, ça vaut mieux. On pourrait prendre de mauvaises habitudes. Ça te dit, une balade ? »

Tout lui disait et, ainsi, nous sortîmes et nous nous mîmes à errer sans but, nous arrêtant de temps à autre devant une vitrine éclairée. « Oh, dit-elle à la vue d'une robe de soie imprimée de fleurs colorées qui semblait n'exister que pour elle, pourquoi tu n'es pas riche ? J'aime tellement acheter des vêtements ! » Quand bien même j'aurais eu une vague possibilité de le devenir, elle s'était sacrément éloignée avec l'addition que je venais de régler. Je passai un bras autour de sa taille et elle me suivit docilement, puis nous bifurquâmes dans une ruelle où je m'arrêtai et posai mes mains ouvertes sur sa poitrine. Ses seins étaient petits, fermes et émouvants sous son chemisier léger. Elle s'adossa au mur et me regarda avec un grand sérieux. « Oh, je t'en supplie ! dit-elle. Sois gentil avec moi. » Puis nous nous embrassâmes doucement, à plusieurs reprises, écartant chaque fois nos visages pour nous regarder, dans un silence tel que nous entendions le fleuve couler sous les ponts. « Allons chez moi », dis-je. Nous étions une fois encore dans l'ombre et une fois encore sa voix sortit de l'ombre, d'abord grave puis éclatante. « *Tu es fou*? dit-elle en riant. Je n'ai pas envie de faire l'amour, tu ne l'as pas encore compris ? » Elle déposa un dernier baiser léger sur mes lèvres. « Viens, dit-elle en me prenant par le bras. Un tour en voiture nous fera du bien à tous les deux. »

« Tu es énervé ? dit-elle en montant dans la voiture. Ne dis pas non, ça se voit que tu es *très* énervé. » Elle souriait encore et si elle le faisait pour me mettre sur les nerfs, c'était réussi. Sans rien dire, j'attrapai le livre de Proust sur la banquette arrière. Il n'avait pas l'air d'avoir été touché. « Je veux voir quelque chose », dit-elle soudain en prenant vers le fleuve. Elle se dirigea vers le quartier XIXe et s'arrêta devant une villa à deux étages, entourée d'un vaste jardin. « Tu sens ? dit-elle en descendant de la voiture. Ce sont les lilas. » Je connaissais bien ce parfum, et la villa aussi. C'était celle du comte Sant'Elia. « Elle te plaît ? » dit Arianna. La dernière fois que j'étais passé devant, longtemps auparavant, j'avais vu une pancarte rouge signalant qu'elle était à louer. Les fenêtres avaient été repeintes et le jardin était beaucoup plus entretenu qu'alors. On respirait un air de sérénité et de discrétion absent de mon temps et, au bout du compte, j'avais l'impression que ce n'était pas le même endroit. Elle ne me plut pas. « Bon, fit Arianna. C'est sûr que ce n'est pas Combray mais c'est un succédané acceptable, non ? Une maison comme ça, ça donne envie de passer son temps à écouter de la musique, s'occuper des lilas et faire des confitures. »

Concernant la musique, le lieu était mieux choisi qu'elle ne pouvait le savoir, mais je ne dis rien du piano à queue de Sant'Elia et, juste à ce moment-là, la lanterne du perron s'alluma. Un choral de Bach s'éleva. Arianna se fit attentive et, peu après, un homme en bras de chemise apparut en haut des quelques marches. Il était grand, souple, un demi-cercle de cheveux gris auréolait sa nuque noueuse. Il ressemblait à Picasso mais en plus grand, plus jeune, plus dur. Il regarda un moment autour de lui puis siffla doucement. On entendit aussitôt le gravier bouger et des aboiements au fond du jardin, puis deux grands danois apparurent et se précipitèrent vers lui. « Du calme », dit l'homme, ce qui ne l'empêcha pas de subir leur assaut. « Du calme ! » dit-il d'un ton plus sec, et les chiens se couchèrent, jappant d'impatience jusqu'à ce que l'homme leur donne à manger. « Ouste, maintenant », dit l'homme. Les chiens opposèrent une faible résistance tandis que le choral de Bach gagnait en volume par la porte ouverte. « Ouste, maintenant ! » dit encore l'homme, et les chiens s'éloignèrent en le regardant d'un air infiniment mélancolique, mais il leur tourna le dos et en un instant tout fut fini, homme, chiens, lumière et musique. Je regardai Arianna. « Je viens tous les soirs, dit-elle.

— Pourquoi ?

— Je ne sais pas, dit-elle. Peut-être parce que c'est un rite et que les rites sont toujours rassurants. Il y a des gens qui vont à l'église pour ça. Moi je viens ici.

— C'est qui ?

— Oh, un peintre.

— Il ressemble trop à Picasso pour être doué », dis-je, et alors je repensai au poster géant de Picasso accroché au mur de sa chambre. Quel manque de pot, ce n'était pas pour Picasso qu'elle l'avait accroché. Je me sentis déborder de fureur. « Ramène-moi à ma voiture, dis-je.

— Pardon, dit-elle, étonnée, ce n'est pas un peu tôt ?

— Non, dis-je, je suis fatigué. Et puis tu n'as pas besoin de moi pour ton onanisme. »

Son visage se crispa. « Tu pourrais au moins éviter d'être vulgaire, dit-elle.

— Oui, dis-je. Je pourrais. » Puis je ne dis plus rien, alors elle aussi monta dans la voiture et démarra brusquement. Quand nous arrivâmes à la vieille Alfa, je montai dedans sans la saluer. Elle fut sur le point de dire quelque chose, puis elle se ravisa, claqua la portière et partit en faisant crisser les pneus. Je la regardai disparaître au bout de la rue. J'étais au bout du rouleau, à vrai dire, et pour éviter d'échouer dans un bar, je rentrai tout de suite à la maison. Avant tout, j'allumai la radio et débarrassai le fauteuil, que j'approchai de la lampe de bureau, puis je calai un coussin sur son assise défoncée, posai mes cigarettes à portée de main et ouvris un livre en essayant de m'abandonner à la voix intérieure suave avec laquelle nous lisons. Elle est différente pour chacun si les âmes sont différentes, identique si elles sont identiques, mais cette voix inexpérimentée, que peut-être nous possédons avant de venir au monde en hurlant, est dans tous les cas parfaite, sans fausse note.

Quand la sonnette retentit, ce fut comme si l'immeuble s'écroulait. La décharge électrique se répercuta dans le silence avec la violence d'une secousse sismique. J'allai ouvrir, le cœur en tumulte. Elle était là, sur le seuil, me souriant comme si j'étais ce bon vieux Bogey. « Oh là là, quel tapage ! dit-elle en indiquant la sonnette. J'ai sonné à la seule porte sans nom. » Elle entra et se jeta un coup d'œil dans le miroir de l'entrée. « Oh, dit-elle en secouant ses cheveux, *je suis magnifique.* Tu ne trouves pas ? » Je ne répondis pas et elle haussa les épaules en gagnant la pièce qui donnait sur la vallée. « Alors c'est ici que tu vis », dit-elle en regardant autour d'elle. L'appartement était dans un état d'abandon avancé, les prises électriques pendouillaient le long des murs, les cordons des stores traînaient au sol, les journaux s'entassaient dans les recoins et le téléviseur en panne était enseveli sous une pile de chemises sales. Il y avait aussi un pantalon accroché à une poignée. Je le pris et le jetai derrière le fauteuil, mais elle s'en aperçut et ce fut pire. « Alors c'est ici que tu vis, dit-elle encore, continuant à regarder autour d'elle. On dirait un refuge. Tu n'as personne pour t'aider ? Une bonne, je ne sais pas. » Elle s'assit sur le lit. « Tu as l'intention de dire quelque chose ou pas ?

— Oui, dis-je. Si ça ne te va pas, tu peux partir. »

Elle resta un moment immobile, raide, puis elle consulta sa montre cassée. « Excuse-moi. C'est vrai que c'est une heure tardive pour rendre visite aux gens. » Je m'aperçus qu'elle avait retiré ses chaussures et elle dut se lever pour les chercher sous le lit. Alors je m'approchai de son dos et mis mes bras autour de sa poitrine. Elle ne bougea pas. « Je suis venue pour coucher avec toi », dit-elle d'une voix un peu rauque.

Nous restâmes ainsi, figés, attendant qu'il se passe quelque chose, que l'un ou l'autre fasse le geste suivant. Enfin, j'écartai mes bras et, après une hésitation, elle commença à se déshabiller. Elle le fit sans me regarder, rapidement, comme si elle était seule et allait au lit. Mon cœur tressaillit quand elle retira sa culotte et, pour la première fois de ma vie, j'éprouvai de la pudeur. « Et toi ? » dit-elle une fois qu'elle se fut couverte avec le drap. Je m'assis à côté d'elle. « Tu es encore énervé ? » dit-elle avec douceur. Je secouai la tête, j'avais encore dans les yeux l'éclat de son corps et je me sentais intimidé. J'éteignis la lumière avant de me déshabiller et, quand je me retrouvai étendu à côté d'elle, à côté de son corps menu et ferme que je ne touchais pas, je fus submergé par le malheur. « Caresse-moi, dit-elle tout bas tandis que la radio nous apportait les gémissements du monde, dehors. Rien que ça, s'il te plaît. » Je posai ma main sur son petit ventre plat mais ne réussis pas à la bouger. J'étais glacé et malheureux et il n'y avait rien en moi, pas une once de cette tiédeur que je voulais plus que toute autre chose dans ma vie, cette tiédeur déchirante qui, partie de mon ventre, devait envahir mon corps et me pousser vers elle. Et la voix basse et implorante qu'elle avait empirait les choses. Plutôt que de la rapprocher de moi, elle me la rendait encore plus lointaine, inatteignable, et j'étais glacé, inerte et plein de tristesse. La radio continua longtemps à alterner les grésillements et les bredouillements avec des éclats musicaux très limpides, et il était très tard quand je me levai pour l'éteindre. Arianna s'était assise dans les draps. Recroquevillée sur le lit, le dos contre le mur, elle me regardait en silence. Alors je m'assis en face d'elle et nous nous fixâmes et nous scrutâmes puis finîmes par nous recoucher. Mais rien n'avait changé et au bout d'un moment elle s'endormit.

Vers l'aube, l'air se fit plus froid et les arbres de la vallée se remplirent du chant des oiseaux. Arianna se réveilla et nous les écoutâmes alors que la clarté gagnait la pièce. Puis elle se leva pour s'habiller. « Ne bouge pas », dit-elle en déposant un de ses baisers légers sur mes lèvres. Mais j'allai à la fenêtre qui donnait sur la cour pour la voir encore. Elle se dirigeait vers le portail, courbée sous la lumière de l'aube. Elle trafiqua autour de la serrure, puis monta dans la voiture et partit. Je regagnai la pièce au-dessus de la vallée. La vue du lit défait me serra le ventre, alors je secouai la literie et refis le lit avec soin. Mais les draps avaient conservé son odeur et j'allai me préparer du thé.

En attendant que l'eau bouille, j'allumai la radio. Elle diffusait de vieilles chansons et des nouvelles du monde. Tout compte fait, il était en bonne santé.

5

Je fus réveillé par le silence. L'appartement était inondé de lumière mais, bien qu'il fût presque midi, pas un bruit ne montait par les fenêtres ouvertes. Un autre événement avait dû se produire pendant la nuit, un événement encore inévitablement en train de s'accomplir. Je sautai hors du lit et allai sur le balcon. La vallée se taisait sous le poids d'un ciel limpide et l'air stagnait, comme dans l'attente d'un présage. Il me fallut un temps pour comprendre que c'était la chaleur. Soudain, je sus quoi faire. C'est étrange comme les changements de saison donnent envie d'être ailleurs que là où l'on est. Ce doit être que l'air, différent, nous invite à d'autres climats, ce doit être que l'on se rend compte du passage du temps et de notre immobilité ; toujours est-il que chaque fois que le temps changeait, je me sentais l'envie de mettre les voiles. La plupart des fois, je n'en faisais rien. Ce matin-là, je décidai de les mettre. Je remplis une petite valise avec quelques chemises et quelques livres et je pris mon petit déjeuner en réfléchissant aux endroits où je pouvais aller avec l'argent que j'avais. Il n'y en avait pas beaucoup, ni d'endroits ni d'argent. Et les endroits devenaient de moins en moins nombreux.

Je pensais au Nord. Pas à Milan, ce n'était pas d'un retour à la maison que j'avais besoin, je pensais, je ne sais pas pourquoi, au lac Majeur ; en cette saison, il devait être plein d'azalées et de vieillards vêtus de blanc qui sirotaient des orangeades en lisant les journaux à l'ombre des grands hôtels, avec l'Europe accoudée aux montagnes. « Oui, pas mal, dit Graziano Castelvecchio quand il m'appela en début d'après-midi. Quoi qu'il en soit, ne va pas en Crète. Il n'y a que des cailloux. » Il était rentré la veille ou l'avant-veille, il ne se souvenait plus très bien, il se souvenait de m'avoir cherché, ça oui. « En tout cas, il ne faut jamais prendre de décisions hâtives. Je t'attends ici, dit-il, c'est une telle beauté. »

La beauté en question, c'était la place Navone et comme d'habitude, quand j'y arrivai, l'idée stupide selon laquelle le ciel était plus beau au-dessus d'elle qu'au-dessus du reste de la ville me traversa l'esprit. Je repérai immédiatement Graziano. Il portait un de ses légendaires costumes blancs et était assis dans un fauteuil du bar Domiziano, son visage pâle protégé par des lunettes noires tourné vers le soleil. Il s'était laissé pousser la barbe et avait les deux mains occupées, l'une par un verre de bière, l'autre par un verre de scotch. « Ne bois pas autant, dis-je en arrivant derrière lui. Tu ne sais pas que l'alcool tue à petit feu ?

— Ce n'est pas grave, dit-il. Je ne suis pas pressé. » C'était une vieille blague. Nous nous embrassâmes et je lui demandai pourquoi cette barbe. Il leva son index pour me faire baisser la voix. « Je suis incognito, dit-il. Barbe et lunettes noires. Comme un de ces musiciens de cool jazz à la noix. » Il lui manquait la drogue, mais il dit que c'était un truc d'étudiants et que rien ne valait un bon « tandem ». Il ne plaisantait pas, niveau boisson. Une fois, je l'avais vu renverser la bière qu'il portait à ses lèvres dans le col de sa chemise. Pour ma part, je n'avais pas souvenir d'avoir déjà fait preuve d'une dysmétrie si évidente, pas même au sommet de mon art. « C'est ça qui te trahit, dis-je. Personne ne boit en double comme toi.

— Pas vrai, dit-il en soulevant les deux verres. Là aussi, j'ai tout changé. Avant, c'était scotch à gauche et bière à droite, maintenant c'est bière à gauche et scotch à droite. Je suis malin comme un singe, moi. Comment tu vas ?

— De qui tu te caches ?

— De ma femme, mon petit, rappelle-toi que tu ne m'as pas vu, dit-il. Mais ne crois pas que tu vas me la faire. Je t'ai demandé comment tu vas.

— Comment tu veux que j'aille. Je vais bien », dis-je en laissant planer mon regard sur la place. À cette heure, elle était surtout peuplée de vieux, d'enfants à vélo et de mères assises autour de la fontaine. Dans les bars à l'ombre de l'église, quelques consommateurs buvaient un café en feuilletant les journaux. Il ne manquait que les azalées et le lac. Il n'y avait pas un seul visage connu à l'horizon, alors qu'il n'y a pas si longtemps nous n'aurions pas arrêté de croiser des amis, de parler d'une table à l'autre et de nous déplacer avec nos chaises pour ne pas nous les faire piquer. Cette époque était révolue, seuls les serveurs étaient restés les mêmes, les serveurs restent toujours les mêmes quoi qu'il advienne, et, quand je vis la tête de comique raté du vieil Enrico, je lui commandai une orange pressée. Graziano ricana. « Ne crois pas que tu vas me la faire, dit-il. Ne crois pas que ton meilleur ami va gober ça. Je sais qu'au soleil couchant tu t'enfermes dans les chiottes pour t'enfiler tes remontants.

— Non, dis-je. C'est un mensonge et tu le sais.

— Bien sûr, dit-il. Je mens en sachant que je mens. C'est juste que c'est triste de rentrer à la maison et d'être fêté à coups de vitamines. Tu m'expliques pourquoi tu as arrêté ?

— Peur d'y arriver.

— À quoi faire ?

— À mourir », dis-je.

Il se tut pendant un moment, puis s'alluma un cigare. Ça lui demanda du temps et, quand il eut réussi, il m'adressa un sourire rayonnant. « Sacré cigare, dit-il. Il est malin comme un singe », et il réétendit ses pieds sur le fauteuil, tourné vers le soleil. Mais de derrière ses lunettes noires, il scrutait deux jeunes hommes assis à la table d'en face. Ils avaient de longs cheveux bien brossés, des sandales, des ceintures et des chemises indiennes. Ils essayaient de jouer de la flûte. Soudain, Graziano cracha la fumée de son cigare dans leur direction. « Rebelles de mes deux, va », dit-il. Les deux jeunes hommes arrêtèrent de jouer et se regardèrent. Puis le plus costaud dit gentiment en lui montrant sa flûte :

« Tu veux que je te la mette dans le cul ? » Graziano sourit derrière ses lunettes. « Le son serait à peu près le même », dit-il. Alors je me levai et laissai de l'argent sur la table. Je connaissais ce comportement, il ne savait jamais s'arrêter à temps. « Tu as vu ces mecs ? dit-il tandis que nous nous éloignions sous les arcades. Je les ai remis à leur place, hein ?

— Oh oui, dis-je. Tu leur en as bouché un coin.

— Bien sûr que je leur en ai bouché un coin. Je ne peux pas les sentir, ces rebelles de mes deux. Tu as vu comme ils sont beaux ? Avec leurs dents, ils peuvent croquer dans le fer comme si c'était du nougat. » Lui, il avait de petites dents décalcifiées. C'était pour ça qu'il avait gardé une tête de pauvre malgré ses costumes à deux cent mille lires. Les dents, les dents et les yeux, révèlent toujours la pauvreté originelle de quelqu'un, et pendant la guerre Graziano avait souffert de la famine. On avait dû l'opérer deux fois avant de comprendre que ses maux d'estomac provenaient du souvenir de la faim éprouvée dans son enfance. Nous avions retiré nos vestes et marchions au soleil. « Alors comme ça, dis-je, il n'y a que des cailloux en Crète ?

— Et même pas une fronde.

— Des gros cailloux ? dis-je, comprenant que, cette fois encore, ça s'était mal passé.

— Des gros cailloux, des petits cailloux, des cailloux de toutes les tailles. Chiant à mourir ! » dit-il tandis que nous arrivions au Campo dei Fiori. Nous déambulâmes parmi les étals du marché, qui était lumineux et résonnait de cris, seule la statue de Giordano Bruno était sinistre et silencieuse, mais elle avait ses raisons. Au pont Sisto, Graziano refusa de traverser le fleuve parce que cela l'aurait trop rapproché de sa femme qui, comme toutes les Américaines avides de folklore, habitait à Trastevere. Je la connaissais à peine, Sandie, une fille très anguleuse d'une douzaine d'années son aînée. C'était la fille d'un roi de la saucisse, et elle lui avait apporté en dot une Bentley, un caniche bleu, des jumelles âgées de quinze ans et une vague odeur de marijuana. Au début Graziano la snobait, mais il avait cessé dès lors qu'il n'avait plus réussi à coucher avec elle. C'était arrivé pendant un voyage dans la famille de Sandie au Texas, quand il avait réalisé à quel point elle était incroyablement riche. Depuis, il était incapable de la toucher. Une impuissance de stupéfaction, selon les termes de Graziano. Voilà pourquoi ils voyageaient autant, pour que Graziano se distraie, mais plus il voyageait plus il était stupéfié. Et puis le voyage en Crète avait été mortel. Au bout d'un mois au cours duquel il aurait dû terminer son roman, il avait rencontré une Grecque prénommée Niarcos et ils avaient mis les voiles ensemble, avec en poche quatre millions piqués à sa femme. Ils les avaient perdus en un quart d'heure au casino de Corfou. Le plan avait alors été de doubler le capital, rendre l'argent à Sandie et s'éclipser sur quelque îlot cycladique, mais Niarcos s'était évaporée le lendemain matin de la défaite au casino et il avait dû téléphoner à sa femme pour qu'elle vienne le dédouaner de l'hôtel où on le tenait prisonnier en attendant qu'il règle sa note. Sandie avait débarqué avec les jumelles et quand, pour toute justification, Graziano lui avait donné des nouvelles réconfortantes de son Inerte Appendice, elle l'avait frappé avec son sac à main, ce qui lui avait poché un œil. « Mais Leo, dit-il en retirant ses lunettes pour me montrer son œil encore brun, elle était fabuleuse ! Niarcos, je veux dire. Une bombe phénoménale, tu n'as pas idée. Ah, c'était pas la fille d'un nabab, hein, à la rigueur d'un croupier. » Il se tut un instant en repensant à Niarcos. « Du reste, dit-il, qu'est-ce que tu peux espérer de la vie quand la première chose qu'on te fait quand tu viens au monde, c'est de te donner une claque ?

— Très profond, dis-je. Et après ?

— Et après, le manque de pot, mon petit, un manque de pot abracadabrant. Moi je croyais qu'une fois en si bon chemin, l'Inerte allait se remettre en service et, pensant que c'était le seul moyen de la calmer, Sandie, je veux dire, je la prends et je la jette sur le lit. Très viril, Seigneur. Enfin quoi, elle était là, même prête à pardonner Jésus, et moi, rien. Je suis resté planté là, à penser à Niarcos comme un douanier brancal.

— Bon, ce sont des choses qui arrivent.

— Oh, ne me dis pas ça... » dit-il d'une voix sombre. Puis il comprit. « Ne me dis pas ça, dit-il à nouveau. C'est aussi arrivé à ce bon vieux Manolete ?

— Cette nuit.

— Pauvre petit, me dit-il en passant un bras autour de mes épaules. C'est pour ça que tu veux mettre les voiles ? » Je ne me sentais pas de répondre et nous nous assîmes sur le parapet en regardant le fleuve, sale, placide, indifférent. « Je ne sais pas beaucoup de choses des dieux, dit Graziano d'une voix pompeuse, mais le fleuve est...

— Je ne sais pas grand-chose des dieux, mais je crois que le fleuve est un puissant dieu brun, dis-je. C'est du Eliot, mon petit, tu ne peux pas le citer comme ça.

— Tu crois quoi ? Que tu peux me mettre en boîte ? Écoute un peu : buté, sauvage et intraitable, patient jusqu'à un certain point, dit-il en levant son index. Et puis après c'est quoi, avec la mer et le fleuve ?

— Le fleuve est au-dedans de nous, la mer partout autour de nous.

— Bravo, mon petit ! Qu'est-ce que tu lis, en ce moment ? » Quand je dis l'*Iliade*, il leva les yeux au ciel. « Oh, Seigneur ! Voyez-vous ça. Moi je souffre comme un damné à l'étranger, et lui qu'est-ce qu'il fait ? Il lit l'*Iliade*.

— Je l'ai fait pour qu'on ait un sujet de conversation à ton retour. Tu étais dans les mers homériques.

— Tu parles, dit-il, que des cailloux.

— Et la mer ? Comment elle était, la mer ?

— La mer ? » Il réfléchit un peu. « La mer, elle était partout autour de nous. »

Nous longeâmes le fleuve sous l'ombre épaisse des platanes. De temps à autre, nous nous arrêtions pour regarder le panorama des deux rives, qui changeait au gré des méandres, et partout il y avait des coupoles, et aussi des ponts, des vieilles maisons imbibées de lumière, comme si elles la conservaient pour quand le crépuscule viendrait, jusqu'à ce que le château Saint-Ange apparaisse, plus massif et plus sombre que le reste, avec, au sommet, son ange corrodé. « Il faut qu'on fasse quelque chose, dit Graziano. Toi, qu'est-ce que tu comptes faire ?

— Je te l'ai dit.

— Ça ne sert à rien, mon petit. Tu dois prendre des décisions. Tu ne peux pas continuer comme ça.

— Quoi ? Tu t'y mets, toi aussi ?

— Bien sûr, je le fais pour le salut de ton âme. Tu ne peux pas continuer comme ça, dit-il en montrant l'ange. Qu'est-ce que tu diras à l'ange de tes trente ans, quand il apparaîtra devant toi avec son épée de feu pour te demander pour la dernière fois ce que tu comptes faire de ta vie ? »

Je lui dis que je lâcherais mon ange gardien contre lui. « Ça le regarde, après tout, dis-je, et il est en rogne », mais Graziano était perdu dans ses pensées et il ne répondit rien. Nous continuâmes jusqu'à la piazza del Popolo, où nous trouvâmes dans tous les bars un message de la femme de Graziano que ce dernier snoba, s'assurant la complicité des serveurs à l'aide de pourboires vertigineux. Pour payer, il tirait de la poche de sa veste un rouleau de billets d'une taille émouvante. « Le roman est mort, dit-il soudain en sortant d'un bar.

— C'est ce que tout le monde raconte.

— Mon roman », dit-il. J'en fus désolé, c'était le seul soutien sur lequel il pouvait compter. « Trop difficile et trop inutile. Il faut qu'on se lance dans quelque chose de consistant, sinon qu'est-ce qu'on racontera à l'ange ? » Il leva son index maigre. « Il est temps que tu saches ce qu'il en est vraiment. Tu veux que ton meilleur ami te dise ce qu'il en est vraiment?

— Avec les précautions de rigueur.

— J'ai élaboré une théorie. C'est une grande invention, la théorie; bien meilleure que la pratique. Regarde autour de toi, dit-il tandis que nous descendions la via del Corso au milieu d'une foule qui sortait des bureaux. Tu as l'impression d'avoir quelque chose à voir avec tout ça? Non, bien sûr que non. Et tu sais pourquoi? Parce qu'on appartient à une espèce disparue. On est des rescapés. Voilà ce qu'il en est », dit-il en s'arrêtant pour allumer un cigare. Car, si je n'étais pas au courant, on était nés au moment où la vieille et belle Europe mettait au point sa tentative de suicide la plus lucide, soigneuse et définitive. Qui étaient nos pères? Des gens qui s'étaient massacrés à qui mieux mieux sur le front de patries qui n'existaient plus, voilà qui ils étaient. Nous, on était nés entre deux permissions et les mains qui avaient caressé les reins de nos mères dégoulinaient de sang, pas mal comme image, ou alors on était les enfants de vieux, de malades, de gâteux. Dans tous les cas, d'hommes détruits ou destructeurs. On avait les pères les plus brancals de l'histoire. « Parle pour toi », dis-je, mais je repensai au silence de mon père quand il avait réparé la chaise de la cuisine le jour de son retour de la guerre et je ne dis rien d'autre. Je n'avais qu'à regarder autour de moi : une fois rentrés chez eux, nos héroïques procréateurs avaient réalisé le banquet funéraire le plus opulent, festif et vulgaire de l'histoire de l'humanité. Ils avaient fait d'autres enfants, ces rebelles de mes deux qui s'en prenaient à nos sièges, et nous ? Nous, on était un mauvais souvenir, des rescapés du massacre, et tout ce qu'on pouvait faire, c'était nous contenter des restes.

« Quand on y arrive », dis-je en pensant au bol de cacahuètes chez les Diacono. Puis je pensai à la vieille Alfa et à l'appartement au-dessus de la vallée. C'était vrai, toutes mes possessions étaient les restes de quelqu'un. À part Arianna, mais elle je ne la possédais pas. « Bien, dis-je. Nous autres rescapés, on pourrait concrétiser ces restes sous la forme d'un bon steak haché, non ? J'ai faim.

— On peut, dit-il, mais quand ton ange se présentera, qu'est-ce que tu feras ? Tu lui serviras de la viande hachée et des oignons ?

— Et une feuille de laitue, dis-je. Qu'est-ce que tu aurais à proposer, toi ?

— Un film, dit-il. Faisons un film, qu'est-ce que tu en penses ? L'histoire d'un type qui, quand l'ange vient lui demander ce qu'il compte faire de sa vie, va chez lui et tue son père. » Il réfléchit. « Ou alors, on fait un bon western. Qu'est-ce qui marche le mieux, en ce moment ?

— Les westerns, dis-je. J'ai déjà le titre. *Les Derniers des Mohicans*, qu'est-ce que tu en penses ?

— Vieux pédé de compétition, dit-il, pas possible de parler sérieusement, avec celui-là. Tu ne peux pas être un peu sérieux, de temps en temps ?

— Qui finance ?

— Là, tu deviens sinistre, dit-il en s'asseyant sur l'escalier de la place d'Espagne. Sandie, qui d'autre ? Si je peux lui fournir les garanties nécessaires. Tu n'aurais pas un zizi en caoutchouc à me prêter, par hasard ? »

Il y avait des azalées dans l'escalier, de grands vases d'azalées partout, et puis des peintres, des hippies, des touristes et des vendeurs de colliers. Une soirée romaine limpide s'installait sur les toits et le vent qui soufflait dans nos chemises nous apportait le parfum des fleurs. Graziano se taisait, affalé, lorgnant les va-et-vient autour de la fontaine. Le vent agitait sa barbe et faisait rougeoyer la pointe de son cigare, mollement coincé entre ses dents. La ville nous caressait. Peu à peu, penser à Arianna cessa de m'être difficile. Au fond, il ne s'était rien passé d'irréparable. Il ne se passait jamais rien d'irréparable dans cette ville, des choses tristes, peut-être, mais pas irréparables. Et de toute façon je voulais la voir, si ensuite je devais partir. À cette heure elle devait être au magasin d'Eva, en train de faire une de ses parties de solitaire. « Mettons les voiles, dis-je. Je connais des gens dans le coin qui pourraient nous offrir à boire.

— Des restes, dit-il, rien que des restes. » Il se leva pour me suivre dans l'escalier jusqu'à la Trinité-des-Monts et nous prîmes la descente qui conduisait au magasin d'Eva. Nous montâmes les marches en nous tenant à la rampe, puis poussâmes la porte vitrée, qui s'ouvrit en faisant tinter un carillon. Il y avait l'écrivain humoriste, qui lisait quelque chose à voix haute, le mannequin, Livio Stresa et Paolo, ce journaliste à la tactique spéciale avec les femmes, assis à côté d'Arianna. Ils me saluèrent comme si ma présence parmi eux était la chose la plus naturelle du monde.

Ce n'était pas déplaisant. Je fis les présentations tandis que Graziano, en proie à des scrupules protocolaires inattendus, se débattait avec sa veste dont il ne trouvait pas la manche. « Comment allez-vous ? » dit-il. Arianna lui sourit. Il en fut désorienté et boutonna sa veste tout en voulant se diriger vers elle, mais il se prit les pieds dans le tapis et faillit tomber. Elle rit. Jusque-là, je n'avais pas remarqué à quel point il était soûl. « Asseyez-vous, dit Eva, ça me paraît moins risqué. » Je dis qu'on devait partir tout de suite, on avait quelque chose à faire. Graziano me jeta un regard stupéfait, mais il joua le jeu et tira sur le mégot de son cigare. « Eh oui, dit-il. Plein de choses à faire. On est comme ça, nous autres.

— Pas longtemps, dit Arianna, en cessant de retourner ses cartes sur la table, *je vous en supplie* !

— Ils ont dit qu'ils étaient occupés », dit Eva. Les autres se taisaient et nous regardaient avec un sourire conciliant.

« Mais *ils viennent d'arriver* ! » dit Arianna. Quelque chose dans sa voix toucha un point très sensible chez Graziano car il la regarda à nouveau, et son sourire s'éteignit sur ses lèvres. « Elle est à qui ? » dit-il sans la quitter des yeux. Quelqu'un rit et il s'énerva. « Quoi, on n'a pas le droit de poser des questions ? » Puis il se tut soudainement et chancela, à la recherche d'un point d'appui. Le seul qu'il trouva à portée de main fut un guéridon où reposait un vase chinois qui se mit à vaciller. Pendant un instant, nous crûmes tous entendre la porcelaine se briser. La tête d'Eva, terreuse, me mit en joie. Prenant Graziano par le bras, je le conduisis vers une chaise. « Ne jamais s'asseoir, dit-il en levant son index, on ne sait jamais si quelqu'un passera vous relever. » Puis il me poussa pour mieux voir Arianna. « De quoi on parle ?

— Du subjonctif? dit-elle.

— D'où on va dîner, toi, Leo et moi, dit Graziano. Leo, c'est lui. Mon meilleur ami.

— Je m'en doutais, dit Arianna.

— Vous n'aviez pas des choses à faire ? dit Eva, qui s'était remise de sa frayeur mais n'avait pas encore desserré les lèvres.

— Tout est annulé, dit Graziano. On n'a plus rien à faire. Pourquoi est-ce que vous ne venez pas, vous aussi ? Allons manger des restes chez Charlie. Les restes de chez Charlie sont les meilleurs de la ville.

— Laisse tomber, dis-je. Ce sera pour une autre fois.

— Tu dis toujours ça, toi. Je te connais, tu es malin comme un singe.

— Je confirme, dit Arianna.

— Bien, bien, dit-il en levant son index. Ne jamais insister, c'est de mauvais goût. Maintenant, je me lève », dit-il ensuite en essayant de solliciter ses jambes. Je voulus l'aider mais il me repoussa, alors nous assistâmes, immobiles, à sa renaissance. Il arriva à se lever à la troisième tentative et Arianna eut un petit rire. « Aide-toi, le Ciel t'aidera, pas vrai ? » Il la regarda. « Aide-toi, ça vaut mieux pour toi », dit-il. Puis il lui baisa la main, et aussi celle d'Eva et du mannequin. Très courtois, à vrai dire, mais trop tard pour sauver les apparences. Il ne nous restait plus qu'à mettre les voiles le plus rapidement possible. Arianna nous accompagna à la porte. « Comment tu vas ? dit-elle avec douceur.

— Comment tu veux que j'aille, dis-je. Je vais bien. » Elle resta sur le seuil pendant que nous descendions les marches et cela ne facilita pas les choses parce que Graziano n'arrêtait pas de se retourner pour la regarder. Dehors, la situation s'améliora. Le vent du soir le réanima. « Elle est à qui ? dit-il encore.

— À personne.

— Impossible. Ce n'est pas ta copine ?

— Non.

— Magnifique, dit-il. Je passe chez moi, je prends une douche et je vais la chercher. » Au lieu de ça, nous allâmes dans une trattoria de la via del Babuino où il entra en réclamant à grands cris les meilleurs restes de la maison. Puis il se jeta tête baissée sur son énorme assiette de macaronis à la crème. Il mangeait vite, en silence, comme s'il se faisait une transfusion. « Tu ne vas pas me faire gober ça, dit-il soudain en levant la tête de son assiette. Cette fille, c'est ta copine. »

À minuit, nous atterrîmes dans une discothèque, un endroit sombre et bruyant comme tous les endroits de ce genre, peuplé de fantômes. Nous avions choisi une table éloignée des enceintes, mais ça n'avait servi à rien et, pour nous entendre, nous devions nous crier dans les oreilles. J'avais envie de sortir de là, mais Graziano surveillait le milieu de la salle, où quelques filles aux longues jambes dansaient sur un grand cube phosphorescent. L'une d'elles lui plaisait et, soudain, il se jeta dans la mêlée en exigeant que je le suive. Pendant un moment, nous dansâmes à trois, sans que la fille parût se sentir mal à l'aise. En réalité, dans cet endroit, chacun s'agitait dans son coin, comme dans les patinoires. Soudain, de l'obscurité émergea une autre fille qui errait, solitaire, dans la salle, et nous nous retrouvâmes à quatre.

Nous réussîmes à les garder avec nous quand la musique s'arrêta le temps d'une pause et nous retournâmes à notre table, où Graziano commanda une bouteille de champagne que les filles se mirent à boire comme si c'était de l'orangeade. Elles n'étaient pas mal. Très sûres d'elles, à vrai dire. « Permettez-nous de nous présenter, dit Graziano. Gazzarra et Castelvecchio. Les derniers des Mohicans. » Une des filles nous demanda si on était dans un groupe. « Oui, dit Graziano. Un groupe nominal. Vous voulez encore du champagne ? » Mais elles préféraient danser et nous les suivîmes, décidés à nous amuser. Peu après, profitant de notre nombre pair et du fait qu'après tout il y avait eu du champagne entre nous, nous essayâmes de les enlacer mais elles n'appréciaient pas qu'on les touche et s'esquivaient hors de nos bras tout en continuant à s'agiter doucement, ce qui était encore pire. À force d'insister, nous avions réussi à les tenir un peu immobiles quand le disc-jockey eut l'idée lumineuse de passer un morceau d'Elvis sorti une douzaine d'années auparavant. « Tu entends, Leo ? disait Graziano en me faisant des clins d'œil par-dessus l'épaule de la fille. Ce bon vieil Elvis ! » Mais la fille s'était libérée avec un mouvement d'impatience. « Ce n'est pas croyable qu'ici ils passent encore des soixante-dix-huit tours ! » dit-elle à l'autre. Elles préféraient parler entre elles.

« Les disques sont bien la seule chose que le progrès ait ralentie », dis-je quand nous regagnâmes notre table. Ça me paraissait un bon sujet de conversation, mais ma remarque ne leur fit pas plus d'effet qu'un commentaire sur la météo. Elles buvaient en lançant des coups d'œil furtifs vers la salle. « Seigneur, les filles ! dit Graziano. Parlons de quelque chose ! Vous me donnez l'impression d'être un vieux brancal, avec tout ce champagne et vous qui continuez à m'ignorer ! » Elles le regardèrent avec étonnement et peut-être qu'elles auraient enfin ouvert la bouche si un jeune homme aux cheveux longs vêtu de velours rouge n'avait pas soudain débarqué, tendant ses mains à la fille à côté de Graziano. « Tu viens ? » dit-il. Graziano pâlit quand la fille se leva et, avant que je puisse faire un geste, il se jeta sur le jeune homme.

Dans l'obscurité et dans l'agitation régnante, personne ne s'aperçut qu'une bagarre avait éclaté à notre table. Du reste, l'affaire fut de courte durée. Graziano perdit ses lunettes noires et revint s'asseoir, la chemise déchirée. « C'est qui, ce connard ? » disait d'une voix forte le jeune homme retenu par les filles. Ils nous laissèrent seuls. « Je vais leur en boucher un coin, moi, disait Graziano essoufflé, je vais leur en boucher un coin, moi, à ces rebelles de mes deux. Non mais quoi, je paie le champagne et il embarque les filles ? Je vais prendre une douche, je vais le chercher et je lui casse la gueule. » Mais il était épuisé. Il haletait, vautré sur sa chaise, et n'avait même plus la force de tenir son verre.

Il lui fallut un bon bout de temps pour se remettre et il passa un moment à scruter la pénombre en se mordant la lèvre, puis il se leva pour aller aux toilettes. Sauf qu'il s'arrêta au milieu de la salle et grimpa sur le gros cube phosphorescent. Quand il fut dessus, il ne bougea pas. Il regardait le sol quelques mètres plus bas. Au moment où je compris ce qu'il avait l'intention de faire, c'était trop tard. Ce n'était pas la première fois que je le voyais jouer à ce jeu, mais je pensais qu'avec cette histoire au moins, il en avait fini. Il se balança légèrement sur le bord du cube, puis se laissa tomber la tête la première.

Je me frayai un passage dans la foule à coups de coude. Sa tête, sur le lino, était effroyablement immobile. Quelqu'un lui touchait l'épaule avec la répugnance prudente que l'on a à toucher les inconnus qui font un malaise dans la rue. J'employai la plus grande délicatesse possible à le retourner. Sa barbe était barbouillée de sang. « Lucky Strike », dit-il avec calme. Il ne fumait rien d'autre, dans ces moments-là. Je fis part de sa requête aux serveurs qui nous entouraient et, peu après, une Lucky arriva. Je la glissai allumée entre ses lèvres. « Laissez-le fumer, dis-je aux serveurs qui voulaient le redresser, il se relèvera quand il l'aura finie. » Et, en effet, peu après il voulut que je l'aide à se remettre debout. Je l'accompagnai aux toilettes et attendis derrière la porte qu'il ait fini de vomir, puis je lui nettoyai le visage avec une poignée de papier toilette mouillé. Il avait une bosse livide en plein milieu du front. « Seigneur, quelle émotion, disait-il en la palpant du bout des doigts. Touche, elle palpite comme un cœur. » J'essayai aussi de nettoyer sa chemise mais ça ne fit qu'empirer la situation. « Laisse tomber, dit-il, j'en ai des tonnes, de chemises. » Pour sortir, nous dûmes de nouveau traverser la salle, mais il refusa que je l'aide. Il marchait très droit, le buste rigide. Les tentatives de suicide demandent toujours beaucoup de dignité.

Il ne voulut pas prendre un taxi et nous nous acheminâmes à pied, mais il se fatigua aussitôt et nous dûmes nous asseoir sur les marches d'une basilique qui se dressait, imposante, sur une place déserte. Il alluma un cigare et laissa errer son regard le long de l'enceinte de la basilique puis, voyant un portillon, il se leva pour aller voir sur quoi il donnait. Nous nous retrouvâmes dans un cloître formé par quelques colonnes de blocs de pierre. « Seigneur, dit-il. Encore des cailloux. » De très hautes voûtes de brique se déployaient au-dessus de nous et, en levant la tête, on voyait le ciel étoilé découpé en cercles, ellipses et triangles, comme sur ces cartes qui indiquent les trajectoires des planètes. Nous étions en train de fureter lorsque, dans le silence, nous entendîmes frapper à un carreau, et un moine apparut à une fenêtre encore allumée. « Qu'est-ce que vous voulez ? demanda-t-il à voix basse, gentiment.

— Dieu habite à quel étage ? » dis-je. Dans l'ombre, Graziano rit tranquillement. Le moine resta un moment silencieux, se demandant comment le prendre, puis il agita son pouce vers le haut. « Au dernier, dit-il, mais il dort, à cette heure. Voulez-vous que je lui transmette un message ?

— Oui, dit Graziano. Qu'on l'a cherché mais qu'on

ne l'a pas trouvé. Maintenant, c'est à lui de nous chercher.

— Essayez de repasser pendant la journée, dit le moine. Allez, au revoir maintenant. Pensez à fermer le portillon. Bonne nuit. »

« Tu as entendu ce moine? Il était malin comme un singe, dit Graziano quand nous fûmes sortis. Où est-ce qu'on peut trouver un taxi, à ton avis? Je suis au bout du rouleau. » Quand nous en trouvâmes un, nous nous laissâmes tomber sur la banquette arrière. Graziano se mit à fredonner la chanson d'Elvis. « Un vrai cador, les gars! disait-il de temps à autre. On n'en fait plus des comme lui, pas vrai Leo? Tu sais ce qu'on va faire? On va aller voir Sandie, on va la réveiller et lui dire qu'elle doit financer notre film.

— Elle va nous tuer.

— Mais non. Elle connaît les bonnes manières, qu'est-ce que tu crois? Elle sait que l'homme de la maison, c'est moi. Enfin, d'une certaine manière du moins. Et puis il n'y a pas d'armes chez nous. »

Il n'y eut pas besoin de la réveiller. Sandie était debout et elle ne nous laissa pas dépasser l'entrée, presque entièrement occupée par une table de ping-pong. L'état désastreux de Graziano ne fit qu'accroître sa colère. Où étions-nous passés? Qu'avions-nous fait? Le visage de Sandie était tartiné de crème et sa tête entourée d'un foulard. Elle n'était pas au meilleur de sa forme, niveau apparence, mais ça n'avait pas l'air de la préoccuper et j'avais des difficultés à me défendre de son attaque. Graziano était allé s'asseoir avec un sourire futé dans le seul fauteuil de la pièce et nous regardait en silence. « Pourrait-on parler de choses sérieuses ? dit-il.

— Ce n'est pas le moment, Graziano, dis-je.

— Quelles choses sérieuses ? dit alors Sandie. Ce n'est une chose sérieuse, ça ? Qui paye le addition ? Qui paye le addition toute le journée ? Moi ce n'est pas entretenir tes amis et je veux savoir qui paye le addition ! » Assises sur la table de ping-pong, les jumelles, pas encore couchées elles non plus, nous observaient en mâchant un chewing-gum. Graziano s'aperçut de leur présence et commença à dire : « Qu'est-ce que vous faites encore debout, vous deux ? », et il le répétait sur toutes les intonations possibles, douce, paternelle, soucieuse, irritée, impérieuse. On aurait dit un acteur travaillant une réplique difficile. Puis, soudain, il retira sa ceinture. Pendant un instant, je crus qu'il allait s'en servir contre les deux ruminants assis sur la table, mais il la noua autour de son front et s'installa la tête en bas dans le fauteuil. C'était sa cure contre la chute des cheveux. « Regarde-lui ! dit Sandie, furibonde. À quoi sert les cheveux ?

— Je ne sais pas, dis-je. À se coiffer ? »

Graziano ricana et je ne pus moi non plus me retenir d'esquisser un sourire. Compte tenu de l'heure, ma repartie n'était pas mal. Cependant, Sandie ne l'apprécia pas et se mit à crier. « Pédés ! Pédés ! » Rendu à ce point, autant mettre les voiles. Je fis une révérence et m'arrêtai sur le seuil pour demander à Graziano s'il voulait venir avec moi. Il était toujours la tête en bas. « Non, Leo, dit-il. Je viens de rentrer, Sandie le prendrait mal. »

Ainsi, je le laissai là, en train de regarder la vie depuis l'angle le plus tolérable.

Mais j'étais au bout du rouleau, à vrai dire, et quand je me retrouvai dans la ruelle, en direction du pont Sisto, je me mis à donner des coups de pied dans les poubelles, les renversant sur les pavés. Le fleuve était noir et, au loin, le phare du Janicule balayait le ciel à intervalles réguliers. Sur le Campo dei Fiori, on montait déjà les étals pour le marché du matin et, sur une pile de cagettes, je pris deux pommes que je mangeai en me dirigeant vers la place Navone. Avec son fond turquoise, la fontaine resplendissait au milieu de la place déserte. À cette heure, la place était magnifique, comme consciente de sa splendeur et de sa survie inutile. Je m'assis sous les arcades et la regardai en attendant d'avoir envie de rentrer à la maison. Mais l'envie ne venait pas, alors j'eus l'idée d'aller voir la mer. Je poussai le moteur de la vieille Alfa sur les routes désertes et arrivai à destination en moins d'une demi-heure.

La mer était vaste, immense, noire. J'allai m'asseoir sur une jetée. Tout autour, la mer agitait ses piécettes et au loin, dans l'obscurité, les lumières des bateaux de pêche clignaient de l'œil. Que disait ce bon vieux Cavafis, déjà ? Il disait : la ville te suivra partout et pour ailleurs n'y compte pas, il n'y a plus pour toi ni chemin ni navire, pas d'autre vie, en la ruinant ici, dans ce coin perdu, tu l'as gâchée sur toute la terre[1]. Il était malin

1. *En attendant les barbares*, traduction de Dominique Grandmont, Poésie/Gallimard, 2003.

comme un singe, ce bon vieux Cavafis. Je fumai deux cigarettes en pensant à la valise prête que j'avais laissée à la maison. Bien, j'étais arrivé là où je devais arriver. Je n'avais plus qu'à repartir en arrière.

Venue de quelque recoin très lointain, la clarté commençait à gagner le ciel quand j'arrivai à la maison. Une petite auto anglaise était garée devant le portail. Je la connaissais bien, maintenant. De même que la fille qui, à l'intérieur, était endormie sur le siège. « Arianna, dis-je. Qu'est-ce que tu fais là ? » Il lui fallut un temps pour comprendre où elle était. Puis elle essaya de sourire. « Oh, Leo ! dit-elle. J'avais peur que tu ne reviennes pas. »

6

L'été arriva imprévisiblement tôt. Début mai, un ciel égyptien, sans un nuage, surplomba la ville pendant quelques jours et, presque par enchantement, nous nous retrouvâmes en pleine saison. Les bars ouvrirent grand leurs portes vitrées, sous les barnums des quais les juke-box se mirent à rugir les chansons couvées pendant l'hiver et des centaines de bus déversèrent des hordes de touristes devant les ruines. L'été romain, long et exténuant, avait commencé et j'avais pris ma décision. J'avais demandé à Renzo Diacono de me faire entrer à la télévision. Il s'en était réjoui et m'avait invité à déjeuner chez Charlie pour me faire signer une candidature et me raconter tout ce que je pourrais faire de bien une fois embauché. Il était certain que j'étais l'homme de la situation. Il ne spécifia pas quelle était la situation, mais pour être certain, il l'était.

En attendant, j'allais tous les matins à la mer avec Arianna. Elle ne supportait pas les plages privées, tous *ces gens-là* sous les parasols avec leurs radios portatives, aussi avions-nous préféré explorer la côte vers le nord à la recherche de coins tranquilles et d'une mer limpide. Nous l'avions trouvée, mais pour l'atteindre il nous fallait souvent escalader les murs d'enceinte de villas encore inoccupées et, là, sur le ciment des terrasses ensoleillées ou entre les rochers de quelque quai privé, nous étendions nos serviettes et lisions en attendant l'heure de la baignade. « Vraiment, disait Arianna, les villas sont tellement rassurantes. Tu crois que tu pourras m'en acheter une, un jour ? J'ai grand besoin d'une villa », soupirait-elle en s'allongeant au soleil. Au début, elle venait avec ses livres d'architecture mais, en règle générale, elle préférait faire des solitaires ou s'étendre, immobile, pour cultiver sa paresse. Depuis la fois où j'avais commencé à lire *Du côté de chez Swann* à voix haute, les livres d'architecture avaient complètement disparu de son cabas, remplacés par un coussin qu'elle glissait sous sa tête afin de m'écouter plus confortablement. C'était agréable, de lire au soleil et, vers midi, vêtu de mon seul pantalon, j'allais en voiture au village le plus proche pour acheter des sandwichs et de la bière. Quand je revenais, je la trouvais en train de lorgner l'intérieur de la villa à travers les vitres ou bien déjà dans l'eau, si la chaleur accablante lui avait fait surmonter sa peur de nager toute seule. Elle était terrorisée par la vue de son ombre qui la suivait sur le fond et, d'habitude, elle nageait sur le dos. Nous partions vers trois heures de l'après-midi, et il nous était arrivé de nous trouver si bien dans certaines villas que nous avions laissé un petit mot de remerciement sur la porte.

En ville, je me rendais au journal et j'y restais jusqu'à

l'heure du dîner, puis j'allais l'attendre à la Trinité-des-Monts, entre les chauffeurs de taxi qui jouaient au baccara sur le capot des voitures, les vendeurs de fleurs et les touristes. D'habitude, elle était en retard, et je trompais l'attente en lisant le livre que j'avais en poche mais, à la fin de chaque page, je levais les yeux pour voir si elle arrivait. Et, effectivement, elle arrivait, marchant d'un pas indolent parmi la foule, le nez plissé de dégoût à cause des gaz d'échappement et les bras croisés sur un livre d'architecture jamais ouvert. Elle me cherchait du regard puis, quand elle me voyait, elle ralentissait encore plus et, réprimant un sourire de satisfaction, elle s'arrêtait devant une vitrine ou faisait deux fois le tour d'un réverbère ou se retournait pour regarder avec insistance un touriste à l'accoutrement ridicule. Enfin, elle arrivait devant moi et me donnait un baiser distrait. « Bien, disait-elle. Ne va pas croire que je t'aime, hein. »

Parfois, nous revenions ensemble au magasin d'Eva, ce qui signifiait devoir passer la soirée avec tous les autres. Ça n'arrivait pas souvent, car il était maintenant clair que mes relations avec Eva étaient mortelles. Ma visite avec Graziano les avait réglées une fois pour toutes parce que, oh, Eva pouvait tout supporter à part les ivrognes et, de plus, elle avait appris que moi aussi je m'étais autrefois adonné à cette vocation. Quand nous nous voyions, nous évitions de nous adresser la parole et je passais le temps en bavardant avec les Diacono et avec l'écrivain à la moustache blanche ou, parfois, avec le mannequin de haute couture, mais juste pour voir Arianna perturbée jusqu'à ce que j'arrête. Après, elle ne m'adressait pas la parole pendant une heure. Cependant, la plupart du temps nous arrivions à rester seuls, et alors nous dînions en terrasse d'une trattoria avant de nous mettre à errer dans la ville, qui était fraîche, animée, et fourmillait d'aventures et de rendez-vous devant les bars et autour des fontaines. D'habitude, nous traînions à la recherche d'églises baroques parce qu'Arianna projetait de faire un mémoire qui démontrerait la supériorité de Borromini sur Le Bernin et, d'une manière ou d'une autre, nous atterrissions toujours devant la façade de l'oratoire San Filippo, pâle dans la nuit allumée de phares, aussi exsangue et élégante qu'une dame exclusivement nourrie de thé. Même si je ne comprenais pas le lien entre le baroque et les questions hydrauliques liées au salut de Venise, je la suivais dans ses vagabondages, l'embrassant devant les portes des églises, ses lèvres aussi fraîches que ses seins, puis nous allions dormir ensemble chez moi jusqu'à l'aube, où elle s'en allait pour être dans son lit au réveil d'Eva et se préparer pour l'expédition à la mer du lendemain. Jusqu'au matin où nous trouvâmes pas moins de quatre villas occupées par leurs propriétaires légitimes et comprîmes que c'était terminé.

Un des premiers soirs de juin, Renzo me prévint que je commencerais le travail dans deux jours. Le lendemain matin, je fis l'inventaire de mes vêtements, m'aperçus que je ne possédais rien d'adapté à la situation, et décidai donc d'investir l'argent qu'il me restait dans un costume neuf. Pour des raisons obscures, dans les redditions le perdant est toujours plus élégant que le vainqueur, peut-être pour obtenir de meilleures conditions, ou peut-être parce que quand il ne nous reste plus rien on se rend compte que l'apparence c'est toujours ça ; aussi j'allai faire un tour dans les boutiques du centre-ville. Je trouvai un costume blanc, comme ceux de Graziano. Évidemment, le lin n'était pas de la même qualité, d'ailleurs ce n'était peut-être même pas du lin, mais il faisait son effet. Je l'enfilai sur-le-champ et allai chez Signor Sandro téléphoner à Arianna. « Il y a du nouveau. Il faut que je te parle, lui dis-je, et je lui expliquai où me retrouver.

— Parle-moi tout de suite, dit-elle. Tu ne crois quand même pas que je peux tenir jusqu'à notre rendez-vous ?

— Essaie de survivre, dis-je, ça en vaut la peine. » Elle arriva avec moins de vingt minutes de retard sur le trottoir écrasé de soleil. Ses talons s'enfonçaient dans mon cœur. Elle portait une robe à rayures blanches et bleues, je n'avais jamais rien vu d'aussi frais. « Punaise, quel costume ! dit-elle d'une voix forte en me regardant. Eh bien, que se passe-t-il ?

— Qu'est-ce que tu veux boire ? » dis-je seulement. Elle voulut une grenadine, elle *adorait* les grenadines. Je commandai deux spécialités de Signor Sandro, de la glace pilée avec du rhum et des jus de fruits exotiques servie, selon la quantité de sucre, dans une noix de coco ou un bambou. « Une Vierge perverse et un Bambou », dis-je à Sandro. Arianna ricana. « C'est une combinaison très tendancieuse », dit-elle. Je n'y avais jamais prêté attention et me mis à ricaner moi aussi comme un imbécile pendant que Sandro se lançait dans le rite de la préparation. Arianna, qui était fascinée par tous les rites, l'observait avec une grande attention. Quand le vieux barman s'en aperçut, ses gestes se firent encore plus légers et élégants. Puis il déposa le résultat de son tour de magie devant nous et attendit le verdict. Arianna se pencha sur sa paille, aspira deux ou trois fois, puis elle releva ses grands yeux mi-clos et sourit. Sandro lui rendit son sourire et inclina la tête. Ils s'étaient compris. « Ça, c'est un barman ! dit-elle d'une voix forte quand nous ressortîmes, glacés et un peu soûls. Je l'*adore* !

— Évidemment, dis-je. Tu adores tous les petits vieux, pas vrai ?

— C'est un fait. Qu'est-ce que tu voulais me dire ? » Mais je la gardai sur les charbons ardents tandis que nous nous dirigions vers la piazza San Silvestro. Elle était si nerveuse qu'elle s'obstinait à traverser au rouge. Nous entrâmes au Remainder's et flânâmes entre les rayonnages, chacun de son côté, mais de temps à autre je levais la tête pour la regarder sur l'arrière-fond coloré des livres, avec son profil impatient et ses cheveux qui la gênaient, et c'est le souvenir le plus *significatif* que j'ai de toute cette histoire, si ce n'est le plus beau, puis nous nous retrouvâmes à la sortie comme si c'était celle d'un labyrinthe, titubants, et je lui offris un exemplaire d'*Au-dessous du volcan* qu'elle ne lut jamais. « Mais *enfin* ! dit-elle, à bout. Tu vas me dire à quoi riment toutes ces festivités ?

— Je me range. Demain, je commence à travailler à la télé. » Elle resta immobile, les yeux fixés sur la couverture du livre, Lowry sur la rive du lac avec son pantalon blanc effiloché et sa petite barbe triste. « Je ne sais pas si j'en suis contente, finit-elle par dire.

— Pourquoi ? dis-je.

— Je ne sais pas, dit-elle. Toi, c'est toi. » Et, sur cette affirmation incontestable, elle changea de sujet et refusa d'en reparler pendant tout l'après-midi. Pour faire quelque chose, nous léchâmes les vitrines de la via Frattina, mais elle les regardait sans les voir. Elle était très nerveuse et, quand nous allâmes dîner à notre terrasse habituelle, elle mangea sans appétit. « Pourquoi tu fais ça ? dit-elle soudain.

— Parce que j'en ai marre des restes.

— Qu'est-ce que ça veut dire ?

— Je me comprends », dis-je, et elle se tut, jouant avec son verre. Le fond était humide et elle l'utilisait comme un tampon, imprimant des cercles sur le papier blanc qui couvrait la table. « Tu es sûr que tu ne le fais pas pour moi ? Je ne veux pas que tu le fasses pour moi.

— Je le fais pour moi, dis-je. Rien que pour moi.

— Alors ça va », dit-elle. Nous restâmes silencieux pendant un moment, mais j'avais envie de crier et, quand je demandai l'addition, je le fis d'une voix trop forte. Elle arrêta de jouer avec son verre et me prit une main, qu'elle étreignit. « On va chez toi ? » dit-elle. Elle avait peur, elle détestait les changements et nous avions passé un si beau mois de mai. Soudain, j'eus l'espoir que tout irait enfin dans le bon sens et que, cette nuit, les choses se dérouleraient autrement. Mais ce ne fut pas le cas. Une fois encore, nous nous retrouvâmes dans mon lit, à nous user de caresses, nous auscultant, nous suppliant, cherchant le mot qui ne fut jamais prononcé, *ne va pas croire que je t'aime, hein,* jusqu'à ce que l'aube nous trouve l'un accroché à l'autre, entremêlés et aussi inertes que deux mollusques.

« Mazette, quel costume ! » dit Renzo en descendant de sa Mercedes devant l'immeuble de la télévision. Mon entrée n'aurait pas pu être plus calamiteuse. Sous le soleil matinal, le seul reflet de mon costume semblait pouvoir briser l'immeuble vitré, et je me trouvais au milieu d'une foule de fonctionnaires portant une veste bleu marine, une pipe entre leurs dents. Un vrai merle blanc, Seigneur. À l'intérieur, la situation s'améliora quelque peu, parce que mon costume était moins voyant sous la lumière artificielle. Par contre, il faisait presque froid et, en suivant Renzo le long d'un couloir plein de portes, j'avais le dos glacé par la sueur nerveuse qui dégoulinait sous mes vêtements. Nous nous arrêtâmes devant celle qui portait l'inscription « Bureau du personnel » et entrâmes sans frapper.

« Bonjour, monsieur Diacono », dit une employée en venant à notre rencontre. « Bonjour, monsieur Gazzarra. » De toute évidence, j'étais attendu. L'employée était efficace, et à peine étions-nous entrés qu'elle avait déjà glissé une fiche dans sa machine à écrire. « Nom de famille ? » dit-elle bien qu'elle l'eût prononcé à l'instant. « Prénom ? » puis elle poursuivit en demandant celui de mon père, et je pensai à lui, et celui de ma mère, et je pensai à elle. Puis elle voulut savoir où j'étais né, et je pensai à ma ville sinistre, puis la date de l'heureux événement, et je pensai à mon anniversaire à l'aube trois mois auparavant, fêté au café au lait dans un bar au terminus d'une ligne de bus. « C'est tout », dit la fille avec un sourire qui interdisait toute réplique. C'était humiliant, d'être fiché. Renzo me donna une tape sur l'épaule. « Allons dans ton bureau », dit-il en me précédant dans l'ascenseur qui allait nous conduire à la pièce où je gagnerais en un mois une quantité d'argent jusque-là jamais vue dans ma vie.

Le bureau en question était tout en longueur, meublé par deux tables dont une était occupée par une charmante quadragénaire qui se leva à notre entrée. Je serrai la main qu'elle me tendait sans comprendre son prénom, mais je me dis que j'aurais le temps de le retenir plus tard. Du reste, mon séjour dans ce bureau serait d'assez courte durée, puisque je devais tôt ou tard finir par travailler avec Renzo. Mon ami resta le temps de chanter mes louanges. La femme écoutait, admirative, et me lançait de temps à autre un coup d'œil satisfait, auquel je répondais par un sourire modeste. Je me dis qu'on allait finir par se faire des courbettes, et on n'en fut pas loin quand, après une nouvelle tape sur mon épaule, Renzo nous quitta pour gagner son bureau, trois étages au-dessus. « Vous êtes diplômé ? demanda la femme aussitôt qu'il fut parti.

— Oui, dis-je, en patience.

— Alors un bel avenir vous attend ici, dit-elle en riant. De toute façon, vous savez, ici il y a de tels imbéciles qu'il suffit de ne pas être un crétin pour passer pour un génie. » Ce devait être leur mot d'ordre. Je l'écoutai en silence m'expliquer notre travail. Il s'agissait de rédiger des communiqués sur les programmes en cours de tournage, à destination de la presse nationale. Voilà ce qu'elle dit, et je pensai au monde, dehors. Qu'est-ce que j'avais ? « Il fait froid, ici, dis-je sans détour en me frottant les bras.

— Ah oui. La climatisation est forte, ça fait toujours cet effet au début. De toute façon, on ne peut rien y faire, parce que le système est général.

— Je suis content pour lui », dis-je, mais sa réserve d'humour matinal devait être épuisée, car ma subtile facétie ne lui arracha pas même l'ombre d'un sourire. Elle me tendit une série de communiqués pour que je m'imprègne du style. J'avais lu des proses meilleures, mais je les feuilletai jusqu'à ce que la fatigue due à ma nuit sans sommeil avec Arianna et l'air raréfié prennent le dessus, me faisant véritablement frissonner. Je commençai à me demander si par hasard je pourrais me faire donner une bouteille de Ballantine's vide au bar. Mais où trouver de l'eau chaude ? Existait-il quelque chose de chaud, en ces lieux ? Si oui, je pourrais toujours me servir de la bouillotte en cachette, en la pressant contre mon ventre sous la table. Comme un petit vieux dans un monde où tous ses amis seraient morts. « Savez-vous ce que vous pourriez faire ? dit ma collègue de bureau alors que je regardais le soleil cogner dans les rues de l'autre côté de la paroi de verre. Vous pourriez aller au bureau de M. Laurenzi et essayer de lui soutirer quelques informations sur les nouveaux feuilletons importés d'Amérique.

— Bonne idée, dis-je avec un enthousiasme de circonstance. Où se trouve-t-il ?

— Bureau 212. Même si c'est une journée de feu, patientez.

— Oh, je lui consacrerai le temps nécessaire.

— Je parlais de la journée de M. Laurenzi », dit-elle. Je me levai en rougissant, s'il n'avait pas le temps je filerais au bar, tu parles que je patienterais. À peine sorti de la pièce, je me perdis dans un dédale de couloirs et de bureaux mitoyens, où je voyais des secrétaires affairées et des fonctionnaires qui regardaient la télévision les pieds sur la table et la pipe à la bouche. Il y avait aussi des gens qui se promenaient bras dessus bras dessous dans les couloirs, laissant derrière eux un sillage de fumée, et moi je poussais des portes qui s'avéraient être des fenêtres, j'ouvrais des fenêtres qui s'avéraient être des débarras et j'appelais des ascenseurs hors service. Je finis par me rendre et m'arrêtai devant une baie vitrée pour contempler la cour intérieure. En face de moi, je vis une façade rougeâtre, transparente, divisée en cases de format identique comme celles d'un échiquier, et chaque case était un bureau, certains avec une lampe sur la table pour signifier que c'était le bureau de quelqu'un qui dirigeait quelque chose et, plus on montait, plus le nombre de lampes augmentait parce que, comme chacun le sait, on dirige mieux d'en haut. Désespéré, j'arrêtai une fille pour lui demander où se trouvait le bureau de M. Laurenzi. C'était une de ces filles qui se déplacent comme si elles seules étaient dotées de la vue, et elle me regarda comme si j'étais un idiot avant de m'indiquer un portier, qui abandonna de mauvais gré son *Corriere dello Sport* – ah, c'était le bon temps – pour me conduire à destination.

« Qu'est-ce qu'il y a ? » dit M. Laurenzi en personne quand j'entrai dans son bureau. Il avait à peu près mon âge, mais je ne lus aucune lueur de solidarité générationnelle dans son regard. Tandis que je lui disais ce qu'il y avait, il lorgnait mon costume blanc comme si c'était un suaire. « J'ai une journée de feu », dit-il ensuite. Il avait la tête de quelqu'un qui a déjà rencontré son ange et lui a donné la réponse qu'il méritait. Je lui dis que je patienterais. « Pas ici », dit-il, et je lui demandai si au bar ça allait. La mondanité de ma réponse le surprit. Il consulta sa montre. « Oui, au bar, dit-il. Dans quarante-cinq minutes. »

À présent, il s'agissait de le trouver, le bar, mais je me laissai guider par mon instinct et pris le premier ascenseur en partance, où j'appuyai sur le bouton le plus haut. Quand la porte s'ouvrit, j'entendis aussitôt un tintement réconfortant de verres et de bouteilles. Je suivis leur appel et entrai dans une immense pièce dont les parois de verre concédaient une vue sur la ville environnante. Je commandai un tandem et m'assis sur un des tabourets le long de la baie vitrée. Au bout d'une heure et quart, Laurenzi ne s'était toujours pas montré, et plus le temps passait, plus il devenait évident qu'il ne se montrerait pas, mais on m'avait dit de patienter et je patientais.

J'observai la foule autour du comptoir. Il y avait surtout des fonctionnaires à pipe. Elle leur donnait de l'allure, leur pipe, et en bavardant, ils la tapotaient contre les cendriers ou bien la suçotaient, le pouce sur le foyer, ou encore ils en remuaient l'intérieur avec un crayon, d'un geste morbide. C'était tout un trafic de blagues à tabac, de doigts qui saisissaient, pressaient, tordaient. Dans cette bonne odeur, j'étudiais leurs vestes bleu marine, leurs chaussures cirées, leurs cravates modérément extravagantes. Je me tournai vers la baie vitrée pour observer la ville. Le soleil tapait sur Monte Mario, où se trouvait mon appartement avec son balcon au-dessus de la vallée. Il devait faire chaud, dehors, de l'autre côté de l'infranchissable vitre verdâtre. Je décidai qu'un deuxième remontant était plus que justifié et j'étais en train de me diriger vers le comptoir lorsque je vis le réalisateur que j'avais croisé avec Renzo chez Signor Sandro. Il avait le même pardessus militaire que cette fois-là et, semblait-il, le même taux d'alcool dans le sang. Je le rejoignis sans me demander s'il me reconnaîtrait. Il me regarda, plissant les yeux pour se remémorer. Puis il dit : « Tu réponds toujours de ta vie ? » Il se souvenait de mon trait d'esprit, en vertu de la mémoire impitoyable des alcooliques pour les inepties. « Non, dis-je. Pas aujourd'hui.

— C'est que ça devient plus difficile jour après jour, dit-il en regardant autour de lui. Qu'est-ce que tu bois ? » Il vit les deux verres. « Seigneur, dit-il, tu es un expert. » Lui, il buvait du Pernod pur. À onze heures du matin. Nos verres à la main, nous nous frayâmes un passage parmi les gens pour gagner la baie vitrée. Il ne cessait de dire bonjour et de recevoir les bourrades de gens qui l'appelaient tous par son prénom, Corrado. « Qu'est-ce que tu fais dans cet endroit ? » dit-il en se hissant sur un tabouret. Il palpait la vitre comme pour en éprouver la consistance. Je dis que j'y travaillais. « Une fois, je lui ai envoyé un coup de poing, dit-il, pensif. Je me suis cassé deux phalanges. Et qu'est-ce que tu fais, comme travail ? » Je le lui dis. « Deux phalanges, c'est du sérieux. Pourquoi tu ne viendrais pas avec moi aux studios ? Tu reviendras couvert d'informations et de gloire. Tu seras récompensé illico.

— D'accord », dis-je, émoustillé à l'idée de sortir de cet endroit. Nous nous glissâmes au bas des tabourets et allâmes vers les ascenseurs. Il s'appuyait à mon épaule d'une main, gardant l'autre libre pour saluer des gens. Dans l'ascenseur, il ne connaissait personne et il s'adossa à la cabine. Quand nous arrivâmes au rez-de-chaussée, le léger à-coup lui fit rouvrir les yeux. Le grand hall était désert et les portiers bavardaient entre eux en vérifiant les autorisations d'entrée. J'eus peur qu'ils me barrent le passage et me demandent où j'allais comme ça, mais il n'advint rien de ce genre et, de l'autre côté des portes vitrées, nous nous retrouvâmes dehors, sous le soleil ardent.

Les studios étaient à deux kilomètres et nous prîmes la vieille Alfa. Corrado regardait la circulation entre ses paupières plissées, le coude sur la portière. Les rafales de vent remplissaient la voiture de ses vapeurs d'alcool. Il y avait de quoi être soûl par le seul fait d'être à côté de lui. « Bien, dit-il soudain, ce n'est pas aussi horrible que le premier jour le laisse imaginer. Tu vas t'y habituer. » Étonnamment, il avait lu dans mes pensées. Je dis qu'au pire je m'achèterais une pipe. « Tout à fait, dit-il. Ça a l'air de marcher, c'est juste que quand tu la trempes dans un verre, elle ne se dissout pas. »

Ce type était brancal comme pas deux. Au portail des studios, les portiers le saluèrent comme s'il était l'un des leurs et, dedans, ce ne fut pas mieux. Tous les gens qu'il croisait lui offraient à boire et le saluaient comme s'ils étaient de grands amis, mais ils souriaient dès qu'il avait le dos tourné, car même si c'était le plus grand réalisateur de télé de tous les temps et qu'il était le seul à pouvoir entrer dans le bureau du président sans frapper, tout le monde savait que cet homme était foutu, alors même les chiens le saluaient. Vers une heure, il avait complètement perdu pied. Les couloirs débordaient de personnes bizarrement accoutrées parce que deux feuilletons historiques étaient en cours de tournage. Un figurant habillé en soldat napoléonien était appuyé à la porte des toilettes. « Félicitations, dit Corrado en poussant la porte. Tu as fait ça pour ton empereur ? » L'autre ne comprit pas et lui adressa un sourire hébété. « Bonjour, chef », dit-il.

« Tu connais l'histoire du soldat napoléonien ? demanda Corrado d'une voix pâteuse tout en faisant des bruits étranges dans les toilettes à côté des miennes.

— Oui », dis-je. C'était l'histoire d'un lancier à Austerlitz qui précédait les troupes dans la fumée et les canonnades et qui finissait par perdre ses jambes puis ses bras, sans pour autant cesser d'avancer, irréductible, rampant sur le champ de bataille avec son drapeau entre les dents. Le soir, à l'hôpital, Napoléon lui donnait une médaille en lui demandant s'il avait fait ça pour son empereur. « Non », disait le soldat. « Pour ton drapeau ? » « Non plus. » « Pour ta patrie ? » « Non plus. » « Pourquoi alors ? » « Pour gagner un pari », répondait le soldat. « Une jolie histoire, dit Corrado. Très instructive. » Puis il se tut et, un instant après, j'entendis un bruit sourd et un gémissement. Je me précipitai hors de mes toilettes pour entrer dans les siennes. Il était appuyé au mur, une main enflée et sanguinolente contre sa poitrine. Il avait donné un coup de poing au mur carrelé et me regardait avec des yeux pleins de larmes et de stupeur. Comme je m'approchais pour lui porter assistance, je m'aperçus qu'il allait vomir. Je réussis in extremis à le faire se pencher au-dessus de la cuvette. « Oh, Seigneur ! gémissait-il. Oh, Seigneur ! » puis je me rendis compte que ce n'était pas lui qui gémissait, mais moi. Quand il se retourna, il me tomba dans les bras. Une étreinte qui répondait à sa nécessité de s'appuyer à quelque chose qui ne soit pas une cuvette de chiottes. « Assieds-toi, dis-je. Je vais appeler quelqu'un. » Mais il secouait sa grosse tête. « Qui veux-tu appeler ? Il n'y a personne à appeler, pleurait-il. Nous n'avons plus de monde ! Nous n'avons plus de monde ! », et il fut pris d'un hoquet énorme, épouvantable, qui résonna entre les murs carrelés. Je le regardai, effaré. Oh, Seigneur, comment était-il possible de se mettre dans des états pareils ? Je reculai instinctivement jusqu'à la porte. « Je mets les voiles », dis-je. Dans le couloir, j'aperçus le soldat napoléonien. Il avait l'air soucieux. « Va appeler quelqu'un », lui dis-je avant de filer vers la sortie. Je passai un moment sur le trottoir à me faire réchauffer par le soleil. Puis je sautai à bord de la vieille Alfa, direction place Navone.

Elle était inondée de soleil. C'était l'heure de la pause déjeuner et je m'assis au Domiziano pour commander des *tramezzini* au fromage, en espérant voir Graziano. De temps à autre, je levais les yeux sur l'horloge de l'église. Les *tramezzini* étaient comestibles, mais l'idée de devoir retourner dans cet immeuble me coupait l'appétit. Je fumai cigarette sur cigarette en regardant les aiguilles de l'horloge se déplacer. À deux heures et demie, la situation devint dramatique, à trois heures moins le quart, après avoir tenté une dernière fois de me lever, je fermai les yeux et comptai jusqu'à cent. Quand je les rouvris, il était trop tard pour arriver à l'heure et je savais qu'au lieu de regagner l'immeuble en verre, j'irais au *Corriere dello Sport.* La pensée de la jolie quadragénaire se demandant où j'étais passé m'amusa. Alors je commandai une autre bière et me mis à manger les *tramezzini* en réfléchissant à comment sauver la face.

« Seigneur, quelle tenue ! dit Rosario quand j'entrai au *Corriere dello Sport.* Tu ressembles à une célébrité.

— Oui, dis-je. À Lord Jim. » Puis je lui demandai si sa proposition de contrat fixe tenait toujours. Il pensait que oui mais il fallait attendre l'arrivée du chef de service. Il était content. Ça lui faisait plaisir qu'on travaille ensemble parce qu'au milieu de toutes ces filles il avait l'impression d'être un coq dans une basse-cour, et puis comme ça on pourrait se partager les horaires de nuit. Quand il arriva, le chef de service aussi fut content que je me sois décidé. C'était un molosse aux yeux bleu clair qui plantait ses doigts dans les accoudoirs de son fauteuil comme s'il se retenait constamment de vous sauter à la gorge. Je me mis au travail sur-le-champ et tapai comme une furie sur la machine à écrire, transcrivant un article après l'autre jusqu'au moment où, à la fin de la journée, les filles voulurent qu'on ouvre une bouteille de mousseux. « Tu es tombé dans nos filets », dirent-elles, mais elles étaient contentes elles aussi.

Le pire vint quand je me retrouvai dans la rue avec une soirée vide en perspective. Je ne pouvais pas rentrer chez moi parce que Renzo allait me chercher et qu'il fallait encore que je trouve une excuse valable, aussi je fis le tour des bars de la piazza del Popolo à la recherche de Graziano, mais ce dernier semblait s'être évaporé. Alors je pensai à Claudia. Je n'avais pas de nouvelles depuis le mot qu'elle m'avait laissé sur la porte. Ça m'aurait fait plaisir de la voir, mais j'étais indécis. Je ne craignais pas qu'elle soit énervée, trop de temps s'était écoulé depuis la fin de notre histoire, j'imaginais plutôt que je n'avais plus ma place dans sa vie actuelle. Ça arrivait. En fin de compte, j'achetai un bouquet de fleurs et allai l'attendre en bas de chez elle.

Son appartement se trouvait sur une petite place dans les ruelles de Trastevere et elle arriva à l'heure du dîner, un sac plastique débordant de provisions à la main. Elle portait un pantalon et un tee-shirt bleu clair. Ses sabots, qu'elle mettait toujours en été, rendaient sa démarche encore plus chaloupée et son dos bien droit mettait sa poitrine ronde en valeur. Je la laissai passer à côté de moi sans me voir, la suivis dans l'escalier et m'emparai de son sac. « Gazzarra ! dit-elle d'une voix forte. Des fleurs ! » Elle se jeta à mon cou et nous restâmes ainsi, enlacés, sous le regard du concierge. Elle se détacha pour scruter mon visage et, quoi qu'elle y vît, elle ne dit rien. Elle reprit le sac et les fleurs et continua de monter. À sa hâte, je compris qu'elle était vraiment contente de me voir.

Dans l'appartement, où j'entrai seul tandis qu'elle allait récupérer Biondella chez la voisine, je fus cueilli par l'odeur familière de cuisine et d'eau de Cologne. J'allai à la fenêtre. Une longue soirée estivale, d'une douceur sans pareille, s'étendait sur la placette où, sur les terrasses des trattorias, les serveurs attendaient l'arrivée des premiers clients. « Quel costume ! Où est-ce que tu l'as volé ? » dit-elle en entrant. Encore un commentaire sur mon costume et je le découperais en morceaux. Claudia me tendit la petite, je la pris et allai m'asseoir sur le canapé. Elle avait grandi, ces derniers mois, avec cette préméditation lente et inexorable propre à la croissance des enfants. Elle ne savait pas trop si elle me reconnaissait ou pas, mais en fin de compte elle décida que oui et nous jouâmes pendant que Claudia préparait le dîner. Au bout d'un moment, avec son savoir-faire coutumier, elle vint me la prendre pour la mettre dans son parc. Elle la traitait avec une tendre désinvolture et, quand elle se pencha, leurs deux têtes blondes côte à côte me firent penser que l'homme qui l'avait mise enceinte avant de l'épouser puis d'aller mourir sur une moto n'avait vraiment pas eu de chance. « Comment ça se passe, à l'école ? »

Elle répondit avec sa réplique habituelle : « Comme un chat qui a une longue queue dans une usine de chaises à bascule.

— Toujours en guerre avec les autres profs ?

— Toujours », dit-elle tandis que je regardais les étagères pour voir s'il y avait de nouveaux livres. J'y trouvai la correspondance de Dylan Thomas adressée à Vernon Watkins. « À le lire, on dirait que Thomas lui doit tout, dit Claudia. Décidément, on a toujours tort de mourir avant les autres. Enlève ces copies à corriger de là, c'est prêt », et j'enlevai les rédactions de ses élèves de la table. Nous avions passé de bonnes soirées à les corriger, autrefois.

« Qu'est-ce que tu as, comme vin ?

— De l'incomparable vin en vrac.

— Hors de question », dis-je en gagnant la porte. Je descendis l'escalier et réussis à me faire donner une bouteille de soave déjà froide dans une trattoria. « C'était le vin préféré d'Hemingway quand il était à Venise, tu le savais ? » dit Claudia quand nous nous mîmes à table. J'ignore pourquoi, ce fait m'émut. « Qu'est-ce qui t'arrive ? dit-elle. Tu fais une de ces têtes. Non, dit-elle encore en posant une main sur mon bras. Ne me le dis pas. »

La petite dormait et nous mangeâmes en silence

en écoutant les rumeurs qui entraient par la fenêtre. Quand le téléphone sonna, Claudia sursauta et leva vivement la tête. Elle le laissa sonner dans le vide en me regardant. Puis elle alla répondre. « Salut », dit-elle dès qu'elle eut décroché. Elle me tournait le dos et pendant un temps elle ne fit qu'enchaîner les oui et les non. « Oui, dit-elle soudain, mais pas ce soir. Je suis désolée. » Ça insistait à l'autre bout du fil, et elle eut un petit rire. « Je suis désolée, dit-elle encore, mais je ne peux vraiment pas. Demain. Je suis désolée. » C'était difficile de tenir sans lui faire un signe pour lui dire que je m'en allais. C'était aussi malhonnête, mais je n'étais pas en mesure de me permettre d'être honnête. Quand elle revint s'asseoir, elle avait le visage en feu. « Que veux-tu, dit-elle. Il est amoureux... » Je cherchai désespérément quelque chose de spirituel à répondre, mais rien ne me vint. Alors je restai silencieux. « Tu passes la nuit ici ? dit-elle en posant à nouveau la main sur mon bras.

— Si je peux. »

Elle acquiesça, resta un instant pensive, puis croisa ses coudes et, d'un seul mouvement, retira son tee-shirt moulant et dévoila sa poitrine nue, douce et pulpeuse. Mon cœur se remit à battre. On aurait dit qu'il était arrêté depuis des mois. Toujours en silence, elle se leva et retira son pantalon et sa culotte rouge en même temps puis, de cette démarche dansante que j'aimais plus que tout chez elle, elle passa à côté de Biondella et lui fit une caresse furtive. Quand elle poussa un levier, le canapé se déplia pour se transformer en lit déjà fait.

Je sentis à nouveau ses bras autour de mon cou et ses

doigts dans mes cheveux. Je posai mon front entre ses seins et nous restâmes ainsi, immobiles, jusqu'à ce que ses mains se mettent avec une curiosité délicate à explorer mon corps, à me reconnaître. Alors, avec un petit cri de rage, elle commença à bouger ses hanches. C'était un mouvement lent, un appel aussi ancien que le ressac sur une plage, et je sentis la torpeur oubliée renaître de mon ventre engourdi. « Oh, Leo ! dit-elle doucement. Mon Leo chéri ! » et elle s'arrêta un instant, juste le temps que je me saisisse d'elle, puis elle se remit à ondoyer, me caressant et m'appelant longuement : « Viens, Leo, viens, viens, viens mon chéri... » jusqu'à ce que, soudainement frappée, elle frissonne, se cambre et plante ses ongles dans mon dos.

Je m'endormis aussitôt, mais me réveillai plusieurs fois dans la nuit. L'une d'elles, Claudia fumait en silence en me caressant les cheveux, tandis que les voix dans les trattorias sur la placette, le tintement de la vaisselle et le son mélancolique d'une trompette désaccordée entraient par la fenêtre ouverte. J'écoutai sans bouger et me rendormis. Je dormis jusqu'à tard et me réveillai dans l'appartement vide. À côté du café préparé, je trouvai un mot : « Reste aussi longtemps que tu voudras. » J'y réfléchis, étendu dans la baignoire remplie d'eau tiède, je réfléchis à l'opportunité de rester, puis je finis par comprendre que je ne pouvais plus rien faire d'autre que partir et ne jamais revenir. Ainsi, comme de nombreuses autres fois, je sortis pour la dernière fois de sa baignoire, me séchai, finis le café et m'en allai en refermant soigneusement la porte derrière moi.

7

Assis sur sa terrasse avec un crépuscule rouge sillonné par des centaines d'hirondelles en toile de fond, Renzo se montra très compréhensif. Il affirma qu'il aurait dû saisir tout de suite que ce poste n'était pas pour moi. C'était embarrassant, si ça continuait il allait finir par me demander pardon. « Bien, dis-je. Ça a été un beau rêve. N'y pensons plus. » Viola eut un petit rire un peu forcé. « J'ai bien peur que tu sois irrécupérable, Leo ! » dit-elle avant de se concentrer à nouveau sur son pied nu, avec lequel elle poussait le canapé à bascule où, couchée, elle buvait du jus de pamplemousse. Pendant le silence qui suivit, j'eus l'impression que cette histoire avait plus coûté à Renzo qu'il ne le laissait paraître.

« Monsieur reste-t-il pour le dîner ? » demanda le majordome, apparaissant entre nous avec sa discrétion assassine. Il ne faisait pas de mystère sur sa sympathie à mon égard et, à table, il insistait toujours pour que je me resserve. « Non, dis-je. Je dois y aller. » Ce n'était pas vrai mais, quand ça sent la poudre, un repli digne arrange bien des choses. Ni Renzo ni Viola n'insistèrent, alors je me levai et pris ma veste. Renzo se contenta de me demander quand je me manifesterais pour une partie d'échecs et Viola m'accompagna à la porte. « Téléphone à Arianna, dit-elle avant que je parte.

— Il s'est passé quelque chose ?

— Non, rien. Mais tu sais comme elle est douée pour dramatiser », dit-elle, et je me rendis au bar de Signor Sandro pour chercher le courage de l'appeler. Je m'y essayais depuis le matin, m'arrêtant toujours au dernier chiffre. Malgré un solide remontant, je n'y parvins pas plus cette fois-ci, alors je mangeai un steak haché et allai au cinéma. De retour à la maison, je me remis à lire et il était deux heures du matin quand, malgré le bourdonnement de la radio, j'entendis ses pas dans l'escalier. J'allai lui ouvrir avant qu'elle ne fasse s'écrouler l'appartement avec son coup de sonnette. Elle avait dû s'asperger d'un flacon de parfum entier, je vis tout de suite qu'elle était hystérique. « Je suis hystérique, dit-elle en entrant, puis elle me regarda. J'ai cru que tu travaillais de nuit à la télévision. Je t'ai attendu en bas de chez toi jusqu'à cinq heures du matin. »

Qu'elle arrête son cinéma, elle savait parfaitement ce qui s'était passé. « Arrête ton cinéma, lui dis-je, tu sais parfaitement ce qui s'est passé.

— Moi ? dit-elle. Je ne sais rien. » En passant devant le miroir de l'entrée, elle eut un geste d'agacement car si, quelles que soient les circonstances, elle était incapable de s'empêcher de se regarder dans le miroir, cette nuit elle était si hystérique qu'elle ne supportait même pas sa propre image. Elle alla jusqu'au fauteuil et s'assit sur le livre que j'avais laissé ouvert. « Alors ? dit-elle en regardant autour d'elle, mais sans en tirer plus de réconfort que les fois précédentes. Ça fait quoi de se ranger ? » dit-elle encore.

Cette manie qu'avaient les gens de ressortir mes phrases commençait à me taper sur le système. Arianna continuait de me regarder et je sentais presque physiquement la présence de mon livre sous ses cuisses. Ce fut comme si elle avait lu dans mes pensées. Elle se décala juste assez pour l'attraper et le jeta par terre. La colère m'envahit. « Ramasse ce livre, dis-je.

— Non, dit-elle. Je ne le ramasserai pas.

— Ramasse ce livre », dis-je encore.

Elle m'adressa un regard de défi, puis se pencha pour le ramasser mais, une fois qu'elle l'eut entre les mains, elle ne put résister et le déchira avant de le rejeter par terre. Quand elle me regarda à nouveau, quelque chose en elle s'était brisé. « Oh, excuse-moi ! dit-elle les yeux pleins de larmes. Je vais te le racheter, hein ? Je vais te le racheter ! » Je lui tournai le dos et fixai le mur en essayant de me maîtriser. « J'étais si inquiète, dit-elle encore. Je croyais qu'il t'était arrivé quelque chose ! » Mes ongles étaient plantés dans mes paumes. « Il ne s'est rien passé, dis-je. C'est juste que je n'y suis pas arrivé, voilà tout. » Elle ramassait les pages du livre éparses sur le sol. « Oh ! dit-elle. Tu ne pouvais pas faire un effort ?

— Pour qui ? Pour quoi ? Et puis tu as bien dit que moi c'est moi.

— Ce n'est pas vrai ! dit-elle en pleurant. Tu n'es pas un désaxé !

— Qui a dit ça ?

— Personne, se hâta-t-elle d'ajouter. Personne n'a dit ça.

— J'ai trouvé un travail de journaliste. »

Il fallait du courage pour qualifier mon travail au *Corriere dello Sport* de journalisme, mais je ressentais le besoin de m'estimer au moins un peu. Elle me regarda, indécise. « Ah bon ? Tu veux dire que tu as été embauché dans ce journal sportif ? » Je dis que oui et elle passa une main sur son front. « Oh, bien, alors », dit-elle, se calmant. Puis elle se rassit dans le fauteuil. « Je peux passer la nuit ici ? Je ne sais pas où aller. »

Elle s'était donc disputée avec Eva. « Tu t'es disputée avec Eva ? » dis-je. Ce fut comme ôter le couvercle d'une chaudière. Oh ! Elle n'en pouvait vraiment plus ! Ça suffisait ! Elle était usée par ses airs de reine des abeilles ! Est-ce que je savais que maintenant elle flirtait avec untel, cet humoriste au gros nez, juste parce qu'une de ses comédies avait eu un tant soit peu de succès ? Était-il possible d'être si snobinarde ? Livio était littéralement dévasté et est-ce que je savais ce qu'elle faisait ? Elle enlaçait l'autre *devant lui* ! Et après elle se permettait de juger les autres, *elle* ! Qu'est-ce que j'étais en train de faire ? « Écoute, dis-je en arrêtant de me déshabiller. Je vais me coucher. » J'étais au bout du rouleau, à vrai dire. « Toi, fais ce que tu veux. Si tu ne sais pas où aller, le fauteuil est là, mais arrête avec cette histoire. Ça me donne la nausée. Et ne viens pas me raconter que tu étais inquiète pour moi.

— J'étais vraiment inquiète pour toi.

— D'accord. D'accord. Qu'est-ce que tu veux qu'on fasse? Tu veux des viennoiseries ou aller voir la mer? Ben moi je vais me coucher. J'en ai marre de te servir de paratonnerre. » Voilà ce que je dis. Ses yeux se remplirent à nouveau de larmes, mais elle resta silencieuse et j'allai me coucher, tourné vers le mur pour ne pas la voir. Elle ne devait pas supporter de me voir non plus parce qu'elle éteignit la lumière. La pièce fut aussitôt inondée par la clarté de la lune.

Quelle nuit. Une brise fraîche et le chant lointain des grillons entraient par la fenêtre ouverte, mais elle ne bougea pas du fauteuil et je ne l'appelai pas. Nous passâmes une bonne partie de la nuit ainsi, et je finis par sombrer dans un demi-sommeil plein de rêves. Vers le matin, je me réveillai en sursaut et regardai le fauteuil. Il était vide et un vague parfum de lilas flottait dans la pièce.

Pourtant, c'était agréable de sortir de chez soi le matin en même temps que les autres. Ça vous donnait la sensation d'être bien comme il faut. J'allais en ville à bord de la vieille Alfa, descendant une pente raide bordée d'arbres si touffus qu'on avait l'impression de traverser une forêt, puis je garais la voiture dans un parking et poursuivais à pied. Sous le soleil frais et lumineux, l'animation de la ville différait de celle, chétive et fébrile, de la nuit et la circulation n'avait pas encore sa pesanteur tragique de l'après-midi. Des bandes de gamins libérés des écoles jouaient à l'ombre des monuments et, sur le seuil des boutiques, les vendeuses se parlaient à voix haute en attendant la chaleur de l'après-midi. Les bars avaient un certain air de repentir, peut-être à cause de tout le lait qui débordait des tasses remplies de cappuccino, et seules les viennoiseries froides me rendaient un peu mélancolique. Il faut dire que j'avais renoncé au plaisir du petit déjeuner à la maison et le prenais au café en bas du journal, où Rosario m'attendait pour une partie de flipper avant de monter travailler. Même la stupidité absolue de notre travail était supportable, notamment parce qu'il commençait d'habitude une heure après notre arrivée et que nous disposions du temps nécessaire pour lire les journaux, fumer quelques cigarettes et bavarder avec les filles.

L'après-midi qui suivit, alors que je transcrivais la chronique d'un match de foot amical qui, à la grande consternation de notre correspondant, avait tourné à la bagarre, je sentis à nouveau le parfum de lilas. Comme j'avais les yeux rivés sur le clavier et les oreilles bouchées par mon casque, seul mon nez assurait les liens avec mon environnement. Mais je ne pouvais pas me tromper, c'était bien *Cœur joyeux**. Je me retournai brusquement. Arianna était derrière moi. Elle était dans le coin et avait eu l'idée de passer me voir, ça ne me faisait pas plaisir? « Nous avons été tellement bêtes, cette nuit », dit-elle. Qu'est-ce que j'écrivais? Je me levai pour la présenter à Rosario et l'éloigner. Nous étions seuls dans la pièce. « Travaillez, ne vous dérangez pas, dit-elle en s'asseyant dans le fauteuil du chef de service. Vous n'avez pas la climatisation ici? »

Rosario était excité. Forcément, elle portait sa robe à

rayures blanches et bleues et lui adressait des sourires étourdissants. J'étais moi aussi sur des charbons ardents, mais pour d'autres raisons. Je craignais qu'elle finisse par découvrir que je n'étais là-dedans qu'un dactylo complètement brancal. Je tâchai de taper l'article le plus rapidement possible. De temps à autre, en levant les yeux, je les voyais bavarder tandis qu'elle lorgnait avec curiosité les cabines tapissées de liège et de phrases obscènes, les disques pour enregistrer les conversations, souples et marron, les brosses pour les nettoyer, les machines à écrire équipées de pédales et de casques. Quand un des téléphones sonna, Rosario alla répondre et elle revint derrière moi. Je sentais sa présence devenir de plus en plus pesante au fur et à mesure qu'elle lisait les imbécillités qui sortaient de ma machine à écrire. « Ce n'est pas du Proust, dit-elle.

— Ce n'est pas de moi non plus, dis-je, me sabordant tout seul.

— Comment ça ? dit-elle quand je lui eus expliqué que je ne faisais que transcrire l'article de quelqu'un d'autre. *Tu n'écris jamais* tes propres articles ? On ne t'envoie *jamais* voir quelque chose pour écrire dessus ? Tu ne rédiges jamais une chronique ou, je ne sais pas, un article de fond ? »

Elle n'y connaissait rien en journaux mais il n'était pas moins difficile pour autant de lui faire croire que j'étais le directeur. Je vis une possibilité de salut dans le retour de Rosario. Ce fut comme se cramponner à une bouée en plomb parce que, ayant saisi au vol le sujet de notre conversation, il s'appliqua à lui expliquer en détail le fonctionnement de notre service. Je recommençai à taper à la machine tout en gardant Arianna à l'œil. Elle essayait hardiment de conserver son sourire mais chaque fois que son regard glissait vers moi, il tombait par terre avant de m'atteindre. Tant bien que mal, je terminai et les rejoignis. « Un boulot d'étudiants », disait Arianna, et Rosario dit que, justement, des étudiants venaient nous donner un coup de main le dimanche quand il y avait plus de travail.

« Va commander quelque chose au café », dis-je à Rosario. Mais Arianna dit qu'elle devait y aller parce qu'elle avait des courses à faire. Elle avait mis ses lunettes de soleil et cherchait son sac à main. Elle passa plusieurs fois devant avant de le voir. Un des téléphones sonna et j'allai répondre. Quand je revins, elle était partie. « Drôle de fille, dit Rosario. À ton avis, qu'est-ce qui lui est arrivé ?

— Rien, pourquoi ?

— Elle avait l'air d'être sur le point de pleurer, tu n'as pas remarqué ?

— Tu te trompes, dis-je. N'y pense plus », mais moi je n'arrivais pas à penser à autre chose et, quand je sortis, je me mis à marcher dans les rues, conscient que je l'avais perdue. Je voulais me soûler, je voulais la cuite mortelle la plus massive que je puisse échafauder, parce que je pouvais supporter n'importe quoi mais pas de la perdre après l'avoir déçue. Je devais trouver Graziano. Je le trouverais, quitte à faire le tour de tous les bars de la ville, et je commençai par ceux de la piazza del Popolo mais je n'y croisai que des gens qui l'avaient vu.

À ce qu'ils me dirent, je compris qu'il était parti pour une grande soirée. Quelqu'un me raconta qu'il l'avait vu avec deux bouteilles dans les poches de sa veste pour ne pas risquer la pénurie dans ses trajets d'un bar à l'autre, un autre qu'il avait attaché son foulard autour de sa cuisse et un autre encore qu'il l'avait vu se diriger vers la place Navone mais qu'il lui paraissait peu probable qu'il soit arrivé à destination.

Connaissant Graziano, je ne l'écoutai pas et me rendis place Navone avec la vieille Alfa. Je la garai dans un parking parce que j'ignorais quand je serais en état d'aller la récupérer et je poursuivis à pied. La soirée était fraîche, la température adaptée à des consommations sans glaçons, et mon estomac dans de bonnes conditions. Ces retrouvailles allaient être mémorables. Mais, dès les quais, je compris qu'il ne serait pas facile de mettre la main sur Graziano. Des bus stationnaient tout le long, ce qui signifiait que la place était envahie par les touristes. J'espérai qu'ils n'avaient pas dégoûté Graziano au point de le faire aller ailleurs, par exemple à Santa Maria in Trastevere, mais il était peu probable qu'il soit allé si près de chez sa femme. La place était bondée et, entre les touristes, les peintres de cartes postales et les groupes, il était impossible d'avancer sans rentrer dans quelqu'un. Au Domiziano, Enrico me dit qu'il l'avait vu une heure plus tôt chercher une table libre puis demander un verre et partir. Il ne devait pas être loin, alors je me mis à déambuler entre les étals de jouets et les chevalets des peintres, sous de monstrueux ballons en forme de chenille qui s'élevaient en sifflant et en se tordant dans le ciel éclairé par les réverbères.

Je le trouvai assis sur le bord de la fontaine centrale, du côté de l'église, moins pris d'assaut. Il avait maintenant noué son foulard autour de sa tête et avait plongé ses pieds dans l'eau turquoise. Il versait du scotch et de la bière dans son verre, allongeait ce mélange avec un peu d'eau de la fontaine et buvait. Il était clair qu'il avait besoin d'aide. « Leo, mon petit, dit-il en regardant deux touristes qui photographiaient la fontaine, que c'est triste de se sentir appartenir à une faune. » Il leva son verre dans leur direction.

« C'est le dernier des Mohicans qui dit ça ? dis-je.

— Oui, le dernier et le plus brancal des Mohicans. Quand est-ce qu'on fait notre film ?

— Demain, dis-je. On commence demain. Pour de bon, cette fois, mais maintenant je te raccompagne chez toi.

— Chez moi ? Je ne veux pas rentrer chez moi », dit-il en levant son index. Je lui dis qu'il pouvait venir chez moi, s'il voulait, et il me regarda d'un air ému. « Qu'est-ce que je ferais sans toi ? » J'essayai de l'aider à se relever mais il refusa. « Hors de question. Assieds-toi, toi. Il faut que je te parle. L'heure est venue que tu saches certaines choses, mon petit. Tu as vu les papillons, au printemps ? Bon, pour les enfants c'est différent. Non, ce n'était pas ça que je voulais te dire. Ça fait un moment que je me dis qu'il faut que je te parle. De quoi, déjà ? Ah oui. Il fallait que je te fasse une déclaration. Leo, tu es fortiche. Ne me dis pas non et laisse-moi parler. Tu es sacrément fortiche parce qu'il faut être sacrément fortiche pour arrêter de boire. Comment on fait ?

— Essaie de prier.

— Je ne prie pas, dit-il. Au mieux, je demande s'il vous plaît.

— D'accord, maintenant on met les voiles.

— Non, je t'ai dit. Je t'ai dit que d'abord il faut que je te fasse une déclaration. Après on ira chez toi, on ira où tu veux. Tu es fortiche, mais ça je te l'ai déjà dit. Tu es un matou. Tu restes dans ton coin et tu t'en fous de ce triste, sale monde à la dérive. Tu n'as pas besoin d'une femme riche, toi. Sans blague, je t'admire beaucoup. Si j'étais pédé, je tomberais amoureux de toi. On ferait un beau couple, pas vrai ? dit-il tandis que je lui remettais ses chaussures. C'est mon Appendice qui m'arnaque. Mon Inerte Appendice, mon Irréversible Pendule. C'est que je deviens pédé, peut-être ? Parfois j'y pense et j'ai peur de devenir pédé. Pourquoi tu ne deviens pas pédé toi aussi ? Tu peux faire ça pour un ami. Qu'est-ce que ça te coûte ? On devient pédés et comme ça au moins on sera quelque chose. Parce que là qu'est-ce qu'on est ? On n'est rien, même pas des pédés.

— On y repensera à tête reposée. Demain », dis-je en me maudissant d'avoir laissé mon auto si loin. Je me rendis compte que je n'arriverais pas à le porter jusqu'au parking, alors je le fis asseoir sur le trottoir au fond de la place et lui fis promettre de ne pas bouger de là. Puis je courus chercher la vieille Alfa. Je mis du temps à revenir parce que les bus de touristes avaient démarré et bloquaient les croisements. Quand je revins enfin auprès de Graziano, je le trouvai endormi là où je l'avais laissé. Je le réveillai juste assez pour ne pas avoir à le déposer à bout de bras sur la banquette arrière puis je roulai jusqu'à la maison. Lui faire monter la première volée de marches jusqu'à l'ascenseur ne fut pas une mince affaire. « Qu'est-ce que je ferais sans toi ? disait-il, ému. Tu es mieux qu'une mère, aucun doute là-dessus », et cela jusqu'à ce que j'arrive à le coucher sur le lit deux places, celui que je n'utilisais jamais. « Seigneur, dit-il, je suis au bout du rouleau », puis il s'endormit brusquement, sans même me laisser le temps de lui enlever sa veste. Il avait encore la bouteille de Chivas dans sa poche, et je l'emportai avec moi dans la pièce qui donnait sur la vallée. Je pris un verre, le remplis et allumai la radio. Puis je me jetai dans le fauteuil et commençai à boire, seul.

Le lendemain matin, ma tête était aussi grosse que la pièce où je me trouvais et il ne fut pas facile de la faire passer dans l'encadrement de la porte de la cuisine pour aller préparer le café. J'en fis une quantité industrielle et réveillai Graziano. « On s'est amusés, au moins ? » dit-il en prenant sa tasse de café noir à deux mains. Il tremblait et demanda le pot à sucre. Il en mangea plusieurs cuillerées. « J'ai rêvé de notre film toute la nuit, dit-il. Quand est-ce qu'on commence ?

— Pas aujourd'hui. Aujourd'hui j'ai la tête pleine de sable.

— Tu as bu ? Dis la vérité, tu as bu. Mon petit vieux a bu, ça a dû être une belle bringue. Il en reste un peu ? »

dit-il en se frottant les mains. Il en restait mais je l'avais vidé dans l'évier quand j'avais préparé le café, car la seule vue de la bouteille me donnait la nausée. « Parlons du film », dis-je. Le problème, c'était Sandie, mais il dit qu'il la travaillerait comme il faut. Il suffisait de lui laisser entrevoir la possibilité d'une remise en service de son Irréversible Pendule. Pour commencer, nous décidâmes que nous irions tous les soirs au cinéma pour étudier la question du point de vue technique, cadrage, plans, contre-plans et ces conneries-là, dit-il, et ce dès le soir même. Maintenant, il lui fallait rentrer à la maison pour calmer Sandie. Où était le téléphone? Il composa le numéro de chez lui sans parler, seulement pour juger le niveau de venimosité de Sandie à son « heullô », puis, assez rassuré, il prit un bain, se peigna la barbe et partit en allumant un cigare.

Je ne sortis pas de la maison jusqu'à l'heure d'aller au *Corriere dello Sport.* Toute la journée, je sursautai chaque fois que le téléphone sonna et une fois personne ne dit rien à l'autre bout du fil, mais je ne pouvais pas être certain qu'il s'agissait d'Arianna. Vers le soir, je commençai à avoir du mal à tenir le coup, il est toujours plus difficile de tenir le coup quand le soir arrive, et je lui téléphonai mais personne ne répondit. Alors j'essayai au magasin d'Eva. Elle n'était pas là non plus, dit Eva, et elle ne savait vraiment pas où elle pouvait être. Elle était désolée, dit-elle.

Je la vis deux soirs après à la sortie d'un cinéma. J'étais avec Graziano, elle avec Livio Stresa, encore plus grand et maigre que de coutume dans son blue-jean et son polo de tennis. J'envisageai d'abord d'aller les voir, mais je ne bougeai pas. Ce fut peut-être le visage d'Arianna qui me retint, pâle, crispé, je ne sais pas, ce fut peut-être le fait qu'ils étaient seuls et se tenaient par la main, je sais que je m'arrêtai instinctivement et les regardai s'éloigner au milieu des gens. Arianna se tourna dans ma direction avant de monter dans la voiture et ses grands yeux inquiets fouillèrent la foule pendant un instant. « Mais je la connais, cette fille, dit Graziano à côté de moi. Des restes superbes. Qu'est-ce que tu en penses, on va prendre une douche et on part à sa recherche ? »

Je lui téléphonai le lendemain. « C'est toi, dit-elle.

— Il faut que je te parle, dis-je.

— Moi aussi il faut que je te parle », dit-elle.

J'allai l'attendre à la Trinité-des-Monts, comme toujours. Mais cette fois elle n'arriva pas en retard et ne s'arrêta pas pour faire le tour des réverbères. Cette fois, elle vint directement vers moi. Elle portait ses lunettes de soleil. Elle s'arrêta à côté de moi en regardant l'escalier qui descendait vers la place d'Espagne. Il était couvert de gens assis qui attendaient le vent du soir, et les grands bacs d'azalées étaient flétris par la chaleur. Arianna resta un moment silencieuse, sa main s'ouvrant et se refermant nerveusement sur le livre qu'elle tenait contre sa poitrine. « Avant que tu me dises quoi que ce soit, je veux que tu saches que j'ai couché avec quelqu'un d'autre », dit-elle.

Quelques jours plus tard, quand je fus affecté aux horaires de nuit au journal, nous commençâmes à travailler au film. Graziano se présenta chez moi à neuf heures du matin, sans barbe. « Nouvelle vie, nouveau visage, dit-il. Tu as caché tes bouteilles ? » Il avait promis de ne pas boire avant six heures du soir pendant tout le temps nécessaire à l'écriture du scénario. « Seigneur, gémit-il quand je posai une bouteille d'orangeade devant lui, je n'arriverai jamais à boire autant d'eau. Tu n'aurais pas un reste plus spiritueux ?

— Non, mais plus spirituel oui : ton ange.

— Bon, dit-il en s'asseyant devant la machine à écrire. J'ai compris. »

Ainsi commença notre combat contre l'ange de nos trente ans. Il allait durer longtemps, presque jusqu'à la fin juillet. Pendant un mois et demi environ, nous travaillâmes tous les jours jusqu'au crépuscule, nus pour supporter les bouffées d'air chaud qui entraient par la fenêtre, ne nous interrompant qu'à l'heure du déjeuner pour manger quelques sandwichs et dormir une heure dans l'appartement chauffé à blanc par le soleil. De temps à autre, nous allions prendre une douche puis retournions à la machine à écrire. L'histoire du trentenaire qui tuait son père prenait forme et parfois Graziano se levait en tapant dans ses mains et en se les frottant. « Bien, bien ! disait-il en s'approchant des bouteilles de scotch. Et si pour aiguiser notre lucidité et notre stratégie avant de repartir à l'assaut, on se buvait un petit remontant ? » Mais il le disait surtout pour m'entendre dire non bien que je fusse parfaitement au courant qu'il profitait de chacune de mes sorties de la pièce pour boire une gorgée. Puis, vers le crépuscule, nous allions sur le balcon regarder la vallée pendant que Graziano buvait ses tandems. « Comment tu fais pour tenir ? » disait-il. J'étais au bout du rouleau, à vrai dire, parce que le soir je devais aller au *Corriere dello Sport* et, en fin de compte, je ne dormais jamais plus de quatre heures par nuit. Parfois, j'étais si épuisé que je m'endormais sur la machine à écrire du journal jusqu'à ce que la sonnerie d'un téléphone me réveille.

Cependant, cette situation présentait un avantage. Celui de ne pas penser à Arianna. Je ne voulais pas penser à elle mais chaque fois que le téléphone de l'appartement sonnait, je serrais les dents tant que l'interlocuteur ne s'était pas présenté. Depuis ce soir-là à la Trinité-des-Monts, où j'étais parti sans rien lui dire, je n'avais pas eu de ses nouvelles. Puis, au bout de deux semaines, c'est la porte de l'appartement qui sonna. Graziano et moi enfilâmes un pantalon en nous demandant qui c'était. C'était elle. « Eh bien ? dit-elle en souriant crânement. *Quoi*, tu ne me fais pas entrer ? » Je m'écartai. Elle hésita un instant puis haussa les épaules et entra en se jetant un coup d'œil dans le miroir. « Mais vous êtes *deux* ! » dit-elle, extatique, en surprenant Graziano avec la bouteille à la main.

« Tu veux boire quelque chose ? » dit-il, désinvolte.

Je lui retirai la bouteille des mains. Arianna le reconnut, même sans barbe. « Dis donc, dit-elle, on ne devait pas dîner ensemble, nous deux ? » Elle était magnifique, évidemment.

« On peut faire ça tout de suite, dit Graziano, la regardant, fasciné. De quel film tu sors ? »

Elle sourit et se laissa tomber sur le lit. « Quelle journée, dit-elle. Je me suis levée très tard, j'ai passé trois heures à la piscine puis de nouveau deux heures au lit. Je suis épuisée. »

Graziano la regardait, en apnée. « Une journée très productive, dit-il.

— Pourquoi ? dit-elle. J'ai produit des globules rouges, *ça ne suffit pas* ? »

Graziano se tut pendant un moment. Puis il dit : « Quand est-ce qu'on se marie ?

— Pas avant septembre, dit-elle en riant, avant j'ai prévu de partir en vacances. Qu'est-ce que vous faites ?

— Un film.

— Quel film ?

— Traditionnel d'avant-garde, dit Graziano. L'histoire d'un type qui, le jour de ses trente ans, va chez lui et tue son père.

— Vous ne pouvez pas plutôt lui faire tuer sa sœur ? » dit-elle.

Elle minaudait, elle avait toujours aimé minauder et, de temps en temps, je la surprenais qui me jetait un regard. Sans rien dire, j'allai m'asseoir à la machine à écrire. Je n'arrivai pas à prononcer un mot, pas même quand vers sept heures, avant de s'en aller, elle demanda si elle pouvait revenir nous rendre visite ; de ce jour, elle revint tous les après-midi. Vers six heures elle sonnait à la porte et entrait avec son air insolent, arborant chaque fois quelque chose de différent, un chemisier, un pantalon ou des sandales ou bien seulement une coiffure extravagante. Elle flânait dans la pièce en se mirant dans toutes les surfaces réfléchissantes, et atterrissait en général sur le lit où elle faisait un solitaire. Parfois, elle préparait un thé que nous buvions sur le balcon qui avait conservé la chaleur du soleil. Elle flirtait éhontément avec Graziano, allumait ses cigares et se souciait des glaçons dans ses tandems, l'obligeant à raconter *quelque chose de marrant* et l'écoutant avec ses grands yeux écarquillés, puis, vers sept heures, elle partait, libérant les miroirs. « Seigneur, disait alors Graziano, pourquoi tu ne lui adresses pas la parole ? » Mais de la fenêtre je voyais son auto et le sac avec la raquette de tennis sur la banquette arrière et je savais que, quand elle partait, c'était pour rejoindre Livio Stresa.

Le dernier jour de travail laissa un grand vide que nous essayâmes de combler avec un dîner. Je demandai au journal à être remplacé pour les horaires de nuit et allai à notre rendez-vous chez Signor Sandro. Arianna et Graziano m'attendaient. « Comment tu te sens ? dit-elle.

— Fatigué et malheureux. » Elle fut contente que je lui réponde. « Graziano ici présent n'est pas très joyeux non plus. Vous avez l'air brancals comme tout, dit-elle, parlant comme nous. Je ne comprends pas, vous êtes frustrés ?

— Je t'en prie, dit Graziano. Ne sois pas désagréable. Un remontant ? dit-il ensuite en me tendant son verre.

— Moi je veux bien, dit Arianna. Ce soir, je veux me soûler.

— Pourquoi ? dit-il.

— Parce que Leo ne m'aime plus. »

Nous prîmes son auto. Une chaleur abracadabrante avait vidé la ville mais à Trastevere les terrasses des trattorias étaient remplies de gens et de joueurs de guitare. Nous choisîmes un restaurant à la mode ces derniers temps, où l'on mangeait assis sur des bancs d'église. Nous dûmes patienter un bon moment avant d'être servis et trompâmes l'attente avec deux bouteilles. Le moral commença à remonter. Arianna aussi buvait beaucoup et, plus elle buvait, plus ses yeux pétillaient. Ils devaient briller plus fort que les bougies sur les tables parce que tous les hommes dans le restaurant ne regardaient qu'elle.

« Et si elle vous dit non ? dit-elle.

— Je voudrais voir ça, dit Graziano. Je vais l'emmener en croisière pour les vacances et si elle dit non je refuserai d'accomplir mon devoir conjugal. Qu'est-ce que tu en penses, Leo ? » Car, pour l'heure, il n'avait toujours pas trouvé le bon moment pour parler du film à Sandie.

« Bien sûr, dis-je. Aucune femme n'est capable de résister si on attend le bon moment, et dans une croisière les bons moments ne manquent pas.

— Il n'en reste que là, dit Arianna.

— Bien sûr, dit Graziano. Je le lui demanderai une nuit où la lune arrosera la mer Baltique. Je lui dirai : Ma chérie, veux-tu te financer avec moi ? Toi, qu'est-ce que tu vas faire ?

— Oh, dit Arianna. Je ne sais pas encore très bien. Il est prévu que j'aille avec mon beau-frère chez des amis à lui qui ont une villa à la mer. » Voilà ce qu'elle dit.

« Tout le monde s'en va, il n'y a que Leo qui reste là,

fredonna Graziano. Ce vieux matou ! Il est malin comme un singe, celui-là. »

Quand nous eûmes fini de manger, nous décidâmes de faire une tournée des bars et Arianna insista pour nous faire asseoir tous les deux sur la banquette arrière. Le vin la poussait à rouler vite. « Deux célèbres cinéastes et leur délicieuse assistante morale s'écrasent tragiquement sur le Muro Torto, dit Graziano, arrêtant de fredonner du Elvis. Je viens d'avoir une idée : et si on allait dans cette discothèque voir nos deux amies ? Qu'est-ce que tu en penses, Leo ? » Il se tut soudainement en s'agrippant au siège parce qu'Arianna s'était engagée à fond de train dans un sens interdit. Nous évitâmes par miracle quelques autos et nous étions presque arrivés au bout de la rue quand nous fûmes arrêtés par un bras tendu. Aussitôt, deux gendarmes s'approchèrent, une main sur leur képi, mais leur courtoisie n'alla pas plus loin. « Permis de conduire, dit l'un des deux à Arianna.

— *S'il vous plaît* », dit-elle avant de commencer à fouiller sous le tableau de bord. Elle fouilla longtemps, beaucoup plus longtemps que nécessaire, pendant que les deux gendarmes attendaient en silence. Enfin, elle se décida à trouver son permis et le tendit par la fenêtre. L'un des deux le prit. « Tu es sûre de l'avoir donné à celui qui sait lire ? » dit Graziano, séraphique.

Nous finîmes au commissariat. Il se trouve qu'eux aussi connaissaient cette blague sur les gendarmes et, quand ils demandèrent à Graziano de répéter ce qu'il avait dit, il la leur raconta en s'appliquant. Au lieu de rire, ils le firent monter dans leur auto. Nous les suivîmes. Aux feux, Graziano nous saluait en agitant la main et une fois il passa la tête par la fenêtre. « Ils n'ont aucun sens de l'humour, dit-il. Qu'est-ce que tu en penses, Leo, je leur raconte celle de la vieille et de l'électricien ? » Devant le commissariat, j'insistai pour entrer moi aussi, mais je n'y fus pas autorisé. « Ne t'inquiète pas, Leo, dit Graziano pendant qu'un des deux gendarmes le prenait par le bras. S'ils me tapent dessus, je crierai. En attendant, je te confie les jumelles. »

Nous patientâmes. Arianna était très nerveuse. « Qu'est-ce qu'ils vont lui faire ? disait-elle. Il ne pouvait pas se taire ? » Je ne répondis pas et continuai à regarder les lumières de la rue. Je sentais son parfum, puis je sentis aussi le poids de son regard sur mon visage. Je devais faire un effort pour ne pas me tourner et la regarder. Elle me fixait toujours, puis elle dit : « Tu m'aimes, Leo ? » Elle le dit à voix basse, prudemment. « Non », dis-je en continuant de regarder la rue. C'était une rue comme toutes les autres. « Si, tu m'aimes, dit-elle avec rage.

— Non », dis-je encore. J'avais l'impression que je ne saurais rien dire d'autre que non pour le restant de mes jours.

« Et moi je dis que si, dit-elle.

— Et Stresa, il dit quoi ? » dis-je.

J'entendis distinctement sa respiration s'interrompre. Puis j'entendis sa voix, fêlée par les larmes. « Comment tu le sais ? » dit-elle, désespérée. À ce moment précis, Graziano sortit du commissariat. Il souriait et agitait la main, comme pour faire cesser les applaudissements.

« Je les ai bien eus, dit-il en montant dans la voiture.

— Comment tu as fait ? dis-je.

— Je leur ai demandé pardon. Où est-ce qu'on va fêter ma liberté reconquise ?

— Moi je rentre chez moi », dit Arianna. Elle regardait crânement devant elle.

« Pourquoi ? dit Graziano, puis, en l'absence de réponse, il finit par dire : Bien, si c'est comme ça », et il s'alluma un cigare. Personne ne dit plus rien jusqu'à ce qu'on arrive à la piazza del Popolo. Là, Arianna attendit que nous descendions, sans cesser de regarder devant elle. Graziano hésita un moment, puis il mâchouilla un peu son cigare et descendit lui aussi. Il regarda la petite auto anglaise disparaître au fond de la place. « Bien, dit-il. Ce sont toujours les meilleurs qui partent.

— Allons nous asseoir », dis-je en indiquant l'obélisque. La place était déserte et on entendait l'eau des fontaines. Nous nous assîmes dos au Pincio.

« Qu'est-ce qui t'arrive, Leo ? dit Graziano.

— Fatigué, dis-je. Je suis si fatigué.

— Tout le monde est fatigué, dit-il. Qu'est-ce que tu veux y faire ? » Puis il sortit la bouteille de scotch de sa poche et en but une grande rasade. Il la regarda avec dégoût. « Ces remontants remontent de moins en moins, dit-il en remettant la bouteille dans sa poche. Quel manque de pot, dit-il encore en laissant son regard errer sur la place déserte. Je crois que moi aussi je suis amoureux d'Arianna. »

8

Vint août, le mois noir. Sous le soleil assassin, la ville était déserte, les rues vides et les places pavées sonores couvertes d'une couche de poussière incandescente. L'eau se faisait rare et les fontaines s'effritaient, révélant leur grand âge, avec leurs pansements de plâtre et les touffes d'herbe jaunâtre qui pointaient hors de leurs lézardes. Les chats se cachaient à l'ombre des automobiles et vers le crépuscule seulement les gens commençaient à sortir des maisons pour se réunir autour des étals de pastèques, en attendant le vent. Les journaux disaient que c'était l'été le plus chaud de ces dix dernières années.

Pour ma part, c'était un mois que je détestais. Avec les amis absents et les trattorias fermées, on pouvait aussi bien mourir de faim sans savoir à qui demander un prêt pour tenir jusqu'à septembre. Pourtant, cette année-là j'avais un travail et la ville vide n'aurait pas dû me faire peur. Mais j'étais seul. Je n'avais plus eu de nouvelles d'Arianna, Graziano devait être parti pour sa croisière et les Diacono avaient pris leurs quartiers dans leur maison à la mer. Parfois je composais quand même leurs numéros de téléphone juste pour imaginer l'appareil sonner dans l'appartement vide. Pour le reste, je dormais jusqu'à midi puis j'allais à la piscine, où je lisais couché sur le bord du bassin. Il y avait deux habitués qui jouaient aux échecs et parfois je défiais le vainqueur, mais ce n'étaient jamais des parties intéressantes. Vers quatre heures, je rentrais chez moi pour me reposer et manger des fruits en attendant d'aller au *Corriere dello Sport*. Des fois, dans l'escalier, j'avais entendu le téléphone sonner mais je n'avais jamais réussi à arriver à temps pour répondre. Puis, un après-midi, il sonna alors que j'ouvrais la porte. Je décrochai. C'était une voix que je ne connaissais pas. Elle m'informait que Graziano était mort.

Le policier de service à l'hôpital se leva quand j'arrivai et ne se rassit que quand je me fus assis moi aussi. Il était très gentil. Il parlait avec le ton juste. Il dit que Graziano était mort ce matin à onze heures après deux jours de coma. On avait cherché à me joindre dès le jour où il avait été hospitalisé parce qu'on avait trouvé sur lui un papier où il avait écrit que quoi qu'il lui arrive c'était moi qu'il fallait appeler. On avait essayé à de nombreuses reprises et, en fin de compte, on en avait conclu que je n'étais pas en ville. Le coup de téléphone auquel j'avais répondu était une tentative de son initiative parce que ça lui faisait mal de penser que quelqu'un pouvait mourir seul comme un chien. Je le remerciai. Il me dit qu'il n'y avait pas de quoi. Je demandai comment c'était arrivé et il dit que c'était le concierge qui l'avait trouvé dans un coin de la cour le lundi après-midi. Par hasard, parce que l'immeuble était pratiquement inhabité ces jours-là et le concierge n'y était passé que pour arroser les plantes d'une famille partie en vacances. Le malheur avait eu lieu le dimanche soir, quelques heures après le départ de la femme de Graziano et de ses deux filles. Le concierge avait entendu un bruit sourd mais, malheureusement, il n'y avait pas prêté attention parce qu'il avait cru qu'il provenait d'un autre immeuble.

Ainsi, encore vivant, Graziano avait passé une nuit et un jour sur les cailloux de la cour. Je m'en souvenais, ils étaient petits, ovales, l'herbe poussait dans leurs interstices. « Ça fait deux jours qu'on essaie de retrouver sa femme, dit le policier. Vous ne sauriez pas où elle peut être ? » Je dis qu'elle était peut-être partie en croisière, il le nota puis il demanda si Graziano avait d'autres parents et si je savais comment les joindre. « Son père », dis-je, mais quand il s'apprêta à le noter, je lui dis que je m'en occuperais. Il me remercia et dit que si je voulais je pouvais parler au médecin parce que l'autopsie devait sans doute être terminée. Je dis d'accord.

Le policier me précéda dans un couloir de l'hôpital. Les malades se mettaient aux fenêtres en quête d'air. C'était un après-midi très chaud et les ventilateurs du couloir faisaient plus de bruit qu'autre chose. Nous nous arrêtâmes devant une porte à battants, le temps que le policier retire son couvre-chef. C'était un policier très bien élevé. « Entrez », dit une voix. C'était celle d'un infirmier assis devant une machine à écrire.

Assis à une table plus grande, il y avait un médecin. Il tenait des papiers qu'il agitait de temps en temps pour éventer son visage. Il devait avoir très chaud parce qu'il était gros et que les gros souffrent plus de la chaleur que les maigres. Il ne portait rien sous sa blouse et on voyait sa poitrine grasse, imberbe. « Un instant », dit-il en retirant ses lunettes pour passer un mouchoir sur ses yeux. Il jeta un regard aux papiers avec lesquels il s'éventait et recommença à dicter à l'infirmier qui tapait à la machine. Le policier me montra une chaise et j'allai m'asseoir. « Absence des incisives supérieures due au choc, dit le médecin à l'infirmier. Fracture de la mâchoire et de la troisième vertèbre cervicale, contusion avec un hématome important sur la clavicule gauche, enfoncement du thorax avec fracture de la troisième et de la cinquième côte gauche. Mort provoquée par une hémorragie du cervelet. Cause : chute. » Il nous regarda. « C'est incroyable, dit-il, aucune fracture aux mains. D'habitude, tout le monde essaie de se protéger le visage et se casse les mains, celui-là, non. » Le policier lui dit qui j'étais, le médecin eut l'air gêné et m'invita à m'asseoir alors que j'étais déjà assis. « Vous voulez le voir ? » dit-il.

Je ne dis rien et le médecin fit un signe à l'infirmier, qui se leva. Je me levai moi aussi. Avant de me quitter, le policier voulut savoir si je m'occuperais de l'enterrement et je dis que oui. Puis je suivis l'infirmier dans le couloir où les malades étaient aux fenêtres. Au bout du couloir, un escalier conduisait à une cour écrasée de soleil remplie d'automobiles garées, et nous la traversâmes péniblement en direction de la petite porte d'un bâtiment peu élevé couvert de plantes grimpantes. Dedans, il faisait froid, ou en tout cas c'est ce qu'il me sembla après avoir traversé la cour baignée de soleil. La porte donnait directement sur une grande pièce. Dans les coins, il y avait des draps entassés en désordre. Il n'y avait qu'une table, en plein milieu, avec quelque chose enroulé dans un drap. Je m'approchai. Au sol, il y avait des taches sombres qui me semblèrent des taches de sang. Cela me fit penser que, pour le mettre sur la table, on l'avait traîné par terre.

Graziano était là, dans le drap. Son visage était découvert, ainsi qu'une partie de son thorax, effroyablement bombé. Tout ce qu'on voyait de lui était enflé. Pendant un moment, je pensai que c'était une erreur, que ce n'était pas lui, qu'il était en croisière, comme de juste. Il était difficile de le reconnaître parce qu'on avait tiré ses cheveux en arrière et découvert son front, puis je reconnus la courbe de son nez et ses lèvres fines, figées, puis les deux cicatrices de la faim sur son estomac. Alors j'eus envie de pleurer, mais je ne pleurai pas. Je percevais la présence de l'infirmier qui attendait sur le seuil et j'aurais voulu lui dire de partir mais je ne me sentais pas de parler. Alors je tendis une main au-dessus du drap et poussai ses jambes. Elles étaient plus froides, à travers le drap, que l'air de la pièce. Quand j'eus dégagé assez de place, je m'assis sur la table en marbre. « C'est interdit », dit l'infirmier. Je le regardai. C'était un infirmier petit et maigre. Il faillit dire quelque chose mais il se contenta de lever une main et de sortir. Je fus content de rester seul. Le froid du marbre était agréable et j'allumai une cigarette en regardant Graziano. « Qui est-ce ? » dis-je d'une voix forte quand j'entendis la petite porte se rouvrir. Un moine avec une grosse croix violette sur son habit approcha parmi les draps entassés par terre. « Descendez de là, mon fils », dit-il en posant une main sur mon bras. Sa barbe sentait la cire. *Dieu habite à quel étage ?* Je dégageai mon bras de sa main. Je gardais la tête baissée pour ne pas le regarder en face, et la fumée de ma cigarette me rentrait dans les yeux. « Pourquoi n'essayez-vous pas de prier ? dit le moine.

— Je ne prie pas, dis-je. Au mieux, je demande s'il vous plaît. » Alors il me regarda, les mains croisées sur sa panse, puis il secoua la tête et s'en alla. Dans le silence, j'entendis une mouche bourdonner. Elle avait dû entrer quand le moine avait ouvert la porte. Elle voleta un peu puis se posa sur ma main. Je la chassai et elle alla se poser sur la poitrine de Graziano. Je la fis à nouveau partir mais elle se reposa aussitôt, sur ses lèvres cette fois. Alors je descendis de la table, tirai le drap sur son visage et sortis.

La vieille Alfa était chauffée à blanc et je dus conduire sans m'appuyer au dossier pour ne pas me brûler le dos. En bas de chez Graziano, il y avait le concierge. Il était consterné. Il n'arrivait pas à se pardonner de ne pas être allé voir quand il avait entendu le bruit. « Je ne savais pas qu'il était chez lui, dit-il. Je croyais qu'il était parti avec madame. » Je me fis donner les clés et montai au troisième. Je dus essayer tout le trousseau avant de trouver la bonne clé. Dans l'appartement, la seule fenêtre ouverte était celle de la chambre à coucher. Elle donnait sur la cour et je ne m'approchai pas. Je fouillai partout jusqu'à ce que je trouve le répertoire sous la table de ping-pong de l'entrée. Je le parcourus sans trouver le numéro de son père, probablement qu'il le connaissait par cœur ou bien il ne lui téléphonait jamais. En revanche, je trouvai les numéros de quelques personnes que je connaissais moi aussi, pour l'essentiel de vue, et ceux de quelques amis communs. Il y avait aussi le mien. Je les appelai tous depuis le téléphone du salon mais je ne réussis à joindre personne. Alors j'empochai le répertoire et allai au *Corriere dello Sport.* « Qu'est-ce que tu fais là si tôt ? dit Rosario. Il s'est passé quelque chose ?

— Non, dis-je. Rien », puis je pris les annuaires de Florence et appelai tous les Castelvecchio qu'ils contenaient, mais ceux qui répondirent n'avaient aucun lien avec Graziano. Alors je fis une marque au stylo à côté de ceux qui n'avaient pas répondu pour réessayer plus tard et dis à Rosario qu'il pouvait partir. Je voulais me mettre immédiatement au travail mais je m'aperçus dès son départ que c'était une erreur. J'étais trop fatigué pour supporter les imbécillités de nos correspondants, mais maintenant c'était fait et ainsi je commençai à répondre aux appels. Chaque fois que j'arrêtais de transcrire un article, j'essayais d'appeler à Florence.

Vers minuit, je réussis à joindre le père de Graziano. Il était chauffeur de taxi et avait travaillé jusqu'à onze heures. Il avait une voix de vieux qui, d'une certaine manière, ressemblait à celle de son fils. Il écouta en silence ce que j'avais à lui dire et resta silencieux même quand j'eus terminé. Quand il reprit la parole, il pleurait. Il dit qu'il se mettait tout de suite en route, qu'il prévenait le garage et qu'il se mettait tout de suite en route, mais je lui dis qu'il pouvait aussi ne se mettre en route que le lendemain matin, que c'était mieux qu'il se repose. Après lui avoir parlé, je me souvins que je n'avais pas téléphoné aux pompes funèbres. Je cherchai dans l'annuaire celles avec la publicité la plus voyante. Ils furent très polis, même à cette heure de la nuit, et m'assurèrent qu'ils se rendraient à l'hôpital à temps pour tout. Je n'avais rien d'autre à faire. Les téléphones restaient tranquilles. Alors j'allai à la fenêtre fumer et regarder la rue déserte et les réverbères. De temps en temps une voiture passait, brisant le silence de la nuit. Puis, avec une lenteur indicible, le ciel commença à s'éclaircir et l'heure vint de rentrer à la maison.

Le lendemain, il y eut l'enterrement. Je passai toute la matinée au téléphone avec le répertoire de Graziano à la main, mais je ne réussis à joindre personne et finis par renoncer. Son père arriva vers midi, à bord de son taxi. C'était un petit homme nerveux et pâle, aux yeux rougis. Il voulut immédiatement voir son fils et je le laissai seul à la morgue, l'attendant dans la cour. Des chats traînaient entre les voitures garées. Un homme s'avança sous le soleil en s'épongeant le front avec un mouchoir. Il était des pompes funèbres et il dit qu'ils ne pouvaient pas utiliser le costume que Graziano portait quand il était mort parce qu'il était taché de sang. Il voulait savoir s'ils devaient lui en acheter un. Je dis non et allai chez lui. Il y en avait une armoire pleine, de costumes. J'en pris un blanc et revins à l'hôpital, où je le remis à l'homme qui transpirait. J'allai m'asseoir à côté du père de Graziano sur un banc de granit au pied du mur couvert de plantes grimpantes. Il avait les yeux rivés sur les chats entre les voitures. « Il n'avait pas d'idéaux, dit-il. On ne peut pas vivre sans idéaux. » Je remarquai qu'il portait à sa boutonnière l'insigne en argent des invalides de guerre et je ne dis rien. C'était lui, l'homme que nous avions tué dans notre histoire, c'était un vieillard. Nous attendîmes en silence et, à un moment donné, le policier que je connaissais arriva. Il s'excusa en me tendant une feuille et un paquet avec les objets que Graziano avait dans sa poche quand on l'avait hospitalisé. Il y avait un trousseau de clés, un rouleau de billets, un mouchoir en soie avec ses initiales, un mégot de cigare et un œillet fané qui, je ne sais pourquoi, me rappela Sant'Elia, peut-être parce que sa tige avait été coupée pour être enfilée dans une boutonnière. Je signai le reçu et donnai le tout au père de Graziano, à part l'œillet, que je mis dans ma poche.

L'homme des pompes funèbres vint nous prévenir que tout était prêt. Nous le suivîmes dans la chambre mortuaire. Quelques gerbes de fleurs répandaient un parfum insupportable et un ventilateur braqué sur Graziano bourdonnait, agitant le col de sa chemise. « Il n'a pas de chaussures », dis-je, et l'homme des pompes funèbres dit qu'on ne lui en avait pas donné mais qu'il pouvait envoyer quelqu'un en acheter une paire. Là encore, je dis non. J'étais désolé de les faire attendre mais je me mis au volant de la vieille Alfa et je retournai dans cet appartement. Quand j'eus pris des chaussures, je partis en quête d'un bureau de tabac. J'eus du mal à en trouver un ouvert. Je revins avec les chaussures et des cigarettes. Le père de Graziano était de nouveau assis à l'ombre des plantes grimpantes. Je donnai les chaussures à l'homme des pompes funèbres, qui eut du mal à les enfiler à Graziano, et je me tournai le temps qu'il y parvienne. « Pouvons-nous fermer ? » dit l'homme des pompes funèbres, alors je déposai le paquet de Lucky Strike dans le cercueil.

« Fermez », dis-je, tout en pensant que ça aurait été à son père de le dire mais celui-ci était immobile, incapable de prononcer un mot, et, quand je le regardai, il hocha juste la tête en signe d'acquiescement. Trois jeunes hommes en tee-shirt vinrent, équipés de chalumeaux, et se mirent au travail. Le chalumeau faisait du bruit et sentait mauvais, alors je sortis dans la cour.

Le trajet entre l'hôpital et l'église était court. Le père de Graziano n'était pas en état de conduire le taxi et c'est moi qui pris le volant pour suivre le corbillard. Je n'entrai pas dans l'église pour l'office, qui du reste fut très court. Je préférai m'asseoir sur le bord d'une fontaine asséchée et lézardée. Il y avait là aussi des chats, pelotonnés à l'ombre. L'homme des pompes funèbres me rejoignit. « Quelle chaleur atroce, dit-il. Il faut faire très vite, dans ces cas-là. Je sais que ce n'est pas le moment, dit-il encore, mais pour la facture... » Je lui dis que c'était moi qui la réglerais, qu'il me contacte au *Corriere dello Sport*. Il dit d'accord et alla s'asseoir dans le corbillard. Peu de temps après, le cercueil sortit de l'église. Le père de Graziano avait dû faire un malaise, car deux des jeunes hommes en tee-shirt le soutenaient. Il s'assit sur la banquette arrière du taxi. Il était très pâle. « Je n'ai pas dormi de la nuit, dit-il. Et puis le voyage », dit-il encore. Je me mis au volant. Le trajet jusqu'au cimetière était long, mais les routes étaient désertes sous le soleil et le corbillard roulait vite. Une fois, il grilla un feu mais il n'y avait vraiment personne.

Dans le cimetière, il faisait plus frais mais l'odeur des fleurs qui flétrissaient sous l'effet de la chaleur était suffocante. Les plaques de marbre plantées dans la terre ressemblaient à de gigantesques os de seiche abandonnés sur une plage. Un prêtre flanqué de deux enfants de chœur bénit le cercueil qui descendait dans la tombe. Je me demandai pourquoi ces deux enfants étaient en ville en train de faire cette activité dégueulasse au lieu d'être en vacances comme tous les autres. Quand le cercueil fut au fond, le prêtre ouvrit son livre mais je l'arrêtai et pris *Le Dernier des Mohicans.* Je n'avais pas eu besoin de corner la page, c'étaient des phrases de la fin que je voulais lire. Je m'approchai de la tombe pleine de soleil tandis que le père de Graziano allait s'appuyer contre une charrette remplie de fleurs séchées. « Pourquoi mes frères sont-ils dans la tristesse ? dit Chingachgook en regardant l'air abattu des guerriers qui l'entouraient, lus-je à haute voix. Parce qu'un jeune homme est parti pour aller chasser dans les bois bienheureux ! Parce qu'un chef a fourni sa carrière avec honneur ! Il était bon ; il était soumis ; il était brave. Le Manitou avait besoin d'un pareil guerrier, et il l'a appelé à lui. Pour moi, je ne suis qu'un tronc desséché que les Blancs ont dépouillé de ses racines et de ses rameaux. Ma race a disparu des bords du lac salé et du milieu des rochers des Delawares. Mais qui peut dire quel serpent de sa tribu a oublié sa sagesse ! » puis je refermai le livre et partis.

L'allée devant le cimetière était déserte. Je regardai en direction de l'arrêt d'autobus car la vieille Alfa était restée devant l'hôpital et je devais aller la récupérer. Pourtant je n'arrivais pas à me décider à me mettre en route. Il me paraissait impossible de ne pas pouvoir faire quelque chose d'autre pour Graziano. Mais je ne pouvais vraiment plus rien faire pour lui. Vraiment plus rien.

À la mi-août, les hirondelles étaient déjà parties. Elles ne s'en étaient jamais allées si tôt, et quand au crépuscule j'allais attendre le vent sur le balcon, le ciel était vide et silencieux. Les journaux affirmaient qu'elles étaient parties à cause de l'air empoisonné qui écrasait la ville, mais c'était une justification puérile. La vérité c'était qu'on voit mieux les choses d'en haut.

Je ne lisais pas, je n'allais pas au cinéma, je ne faisais rien. Je passais mes journées à attendre l'heure d'aller au *Corriere dello Sport* tenu par une seule fierté, celle de ne pas boire. J'avais même acheté une bouteille de Ballantine's que je gardais bien en vue sur la table sans y toucher. Puis, dix jours avant septembre, je reçus une lettre d'Arianna. « Mon cher, mon très cher Leo. Allons bon ! Où es-tu ? Que fais-tu ? *Avec qui* ? Ça m'angoisse de n'avoir aucune nouvelle de toi. Ici, tout le monde est adorable avec moi, mais j'ai passé des moments terribles. Je me réveillais la nuit avec la peur d'étouffer et je voulais à tout prix retourner à la clinique. Pendant toute la première semaine, Eva a harcelé Livio au téléphone. Puis elle est venue. Ils ont eu une scène fâcheuse et après ils sont partis ensemble. Qu'ils aillent au diable tous les deux. Maintenant je vais bien. Je ne fais rien d'autre que manger et je crains beaucoup de devenir très grosse. Puis je nage et je fais de magnifiques sorties en mer à bord d'un magnifique bateau. J'ai découvert que j'adore les bateaux. Mais aujourd'hui il pleut et je suis triste. Je sens à quel point je suis seule dans ce vaste et terrible monde. Je ne sais pas où aller. Qu'est-ce que je vais faire de ma vie ? Pourquoi est-ce que tu ne mets pas les voiles pour venir me chercher ? Oh, je t'en supplie, je t'en supplie, je t'en supplie ! »

Il y avait une adresse, et deux jours après je demandai un congé au journal et partis en auto. Je ne pris pas l'autoroute, ce que les autoroutes ont de plus extraordinaire c'est qu'elles laissent les routes normales dégagées. La vieille Alfa tonnait en se traînant dans les montées des Castelli, au milieu d'une campagne stérile et sauvage qui prenait déjà les teintes pâlissantes de l'automne. Passé les Castelli, une longue descente commençait et, enfin, après une interminable ligne droite bordée de platanes, la mer apparut. Je voyageai sans hâte, dans le soleil méridional. Plus j'allais vers le sud plus la côte était splendide. La route, large et rapide, traversait des monts arides et caillouteux, surplombant la mer qui resplendissait en contrebas entre les petites criques rocheuses, et descendait parfois, longeant les plages, qui étaient blanches et désertes. Puis les tours sarrasines apparurent, à pic au-dessus de la mer. Et c'est alors que je vis la baie.

Elle était plus grande que les autres et le regard pouvait embrasser sur des kilomètres les deux bras bleutés de terre qui avançaient dans la mer. Une végétation basse séparait la plage de la route et, sur un promontoire rocheux, une noire forteresse sarrasine se dressait dans le soleil. J'arrêtai l'auto et me déshabillai. Puis, pieds nus, je pénétrai dans la végétation à la recherche d'un accès à la plage. Le sable brûlait mais l'eau était fraîche et limpide. Je plongeai et nageai jusqu'à perdre haleine. Alors je me tournai et fis la planche en écoutant le chuchotis de l'eau autour de mes oreilles. J'étais bien, je n'avais pas souvenir d'avoir déjà été aussi bien. Ensuite je regagnai le rivage en nageant tranquillement vers les montagnes. Je me séchai au soleil avant de remonter en voiture et de reprendre mon chemin. Je conduisais pieds nus, en séchant l'eau avait laissé une couche de sel sur ma peau. Quand j'eus faim, je m'arrêtai manger du poisson dans une trattoria au bord de la route. Une fois reparti, je commençai à demander des informations dans tous les villages que je traversais. Je tombai enfin sur un jeune homme qui dit connaître la villa que je cherchais et qui s'offrit de m'y accompagner pour mille lires.

Elle avait été construite autour d'une tour sarrasine et elle était basse, très blanche, ombragée par des pins maritimes et des bosquets de laurier-rose. Devant le portail, il y avait quelques voitures sportives et de luxueuses berlines. J'y laissai la vieille Alfa, qui n'était ni sportive ni luxueuse, et tirai sur la chaînette qui sortait du mur à côté du portail. Une sonnette se déclencha au loin et quelques chiens aboyèrent. Au bout de cinq minutes, un majordome en veste blanche vint m'ouvrir. « Il n'y a personne, dit-il. Ils font une excursion en bateau. Monsieur est dans son atelier, on ne peut pas le déranger.

— Giacomo, qui est-ce ! cria une voix depuis la tour.

— C'est pour Mademoiselle ! » cria Giacomo, et alors la voix cria que je m'installe. Le majordome me guida le long d'un sentier de ciment jusqu'à une terrasse donnant sur la mer. Elle était envahie de chaises longues blanches décorées d'arabesques et couvertes de coussins aux couleurs vives. « Désirez-vous un long drink ? » dit le majordome. Et je buvais quand, un quart d'heure après, le maître des lieux fit son apparition. Je le connaissais. C'était la deuxième fois que je le voyais. Il s'appelait Arlorio et ses tableaux, marines, voiliers, wagons de marchandises et arlequins, ornaient les salons de la moitié de Rome. Il était grand, comme dans mon souvenir, sec, et un demi-cercle de cheveux gris auréolait sa nuque noueuse. Il ressemblait à Picasso, mais en plus grand, plus dur et sans les sourires lumineux de Picasso. « Ils sont sortis en bateau, dit-il. Vous allez devoir les attendre.

— D'accord », dis-je.

Il avait des yeux brillants et mobiles, des yeux de rapace, et des doigts longs, noueux, catéchisants. Il était grillé par le soleil et ne portait qu'un tout petit maillot à fleurs blanches et rouges. Ses genoux étaient marqués par d'anciennes blessures, ces cicatrices inimitables laissées par les batailles de l'enfance. Je m'étonnais de penser qu'un type pareil eût été un enfant. Quand il s'assit, il se pinça les cuisses, le geste d'un homme habitué à s'asseoir en pantalon. Si j'avais été d'humeur, j'en aurais ri. « Quel temps faisait-il à Rome ? dit-il.

— Août.

— Je vois. Très chaud. Je ne comprends pas pourquoi Arianna veut y retourner. Elle est si imprévisible, dit-il, employant l'adjectif approprié. J'imagine que vous êtes très amis. C'est ça ?

— C'est ça.

— Seulement amis ? » Je le regardai dans les yeux et il rit, mais sans conviction. « Elle m'a dit que vous êtes journaliste. Au *Corriere dello Sport*, me semble-t-il. Ça vous plaît ? dit-il rapidement. Car j'ai beaucoup d'amis journalistes et je pense que je pourrais faire quelque chose.

— Ça me plaît beaucoup.

— Tant mieux », dit-il en écartant les mains. Puis il jeta un coup d'œil alentour. « Tant mieux, dit-il encore. Voulez-vous un drink ? » Je dis que non et il sourit. Puis il s'excusa, il devait encore travailler un peu mais que je fasse comme chez moi. Si je voulais me baigner, je n'avais qu'à demander un maillot à Giacomo. Du reste, les autres n'allaient sans doute pas tarder. Bien, il devait vraiment y aller. Il s'excusa encore et s'éloigna en sifflant ses chiens. Peu après, la musique d'un choral de Bach s'éleva de la tour.

Il était quatre heures quand un vrombissement parvint de la mer. Un bateau qui se révéla être un gros cabin-cruiser apparut peu à peu. Il accosta sur le quai aménagé dans la falaise et quelques personnes portant toutes le même maillot de bain à fleurs rouges et blanches en descendirent. Il y avait aussi Arianna, ses cheveux détachés tombant dans son dos. Son corps harmonieux et émouvant de jeune femme était brun et brillant. Elle avait l'air très heureuse. J'entendis sa voix tandis que le groupe montait les marches creusées dans la roche. Elle disait quelque chose au sujet de sa fatigue et un jeune homme blond qui portait un collier de coquillages autour du cou posa son bras sur ses épaules. Ils disparurent dans la végétation de la côte et quand ils réapparurent leurs voix étaient très proches. Soudain, ils furent sur la terrasse. Arianna fut étonnée de me voir. « Mon Dieu ! C'est fini ! C'est fini ! cria-t-elle théâtralement. Comment va Graziano ? dit-elle après m'avoir embrassé sur la joue.

— Bien.

— Quel sacré fils de pute celui-là, dit-elle. Même pas une carte postale. Mais comment tu t'es habillé ? dit-elle ensuite en regardant mon treillis militaire. Tu n'avais pas de jean ? Viens, je vais te présenter aux autres. Tu as rencontré Mauro ? » dit-elle encore, faisant référence à Arlorio. Je serrai plusieurs mains. Ils étaient tous très désinvoltes et très bronzés. À cet instant, Arlorio apparut au sommet de la tour et fit un large geste de bénédiction. *Introibo ad altare Dei,* Seigneur. Tout le monde rit mais le visage d'Arianna devint sérieux pendant une fraction de seconde, puis elle me prit par la main et sourit. « Vous vous connaissez déjà, *j'imagine* », dit-elle crânement. Arlorio hocha gravement la tête et me bénit moi aussi.

« Je dois faire ma valise, dit-elle. Tu m'accompagnes dans ma chambre ? » Nous reparcourûmes une partie du sentier en ciment entre les lauriers-roses, puis nous en empruntâmes un autre, très court, qui conduisait à une chambre isolée du reste de la maison. Elle avait une grande fenêtre qui donnait sur la mer et elle était baignée de lumière. L'ameublement se résumait à une table, une commode ancienne et un lit recouvert du même tissu à fleurs blanches et rouges que les maillots de bain. Je regardai Arianna remplir une valise en silence. Elle se comportait comme si je n'étais pas là et quand elle enleva son maillot je me sentis humilié. Elle enfila un jean très usé sans culotte dessous et un chemisier en dentelle transparent. Elle glissa ses pieds dans des sandales en caoutchouc rouge. « Je suis prête », dit-elle.

Nous revînmes sur la terrasse. Ils étaient tous étendus sur les chaises longues blanches et un chœur de protestations s'éleva à notre vue. « Que tu es pénible, dit une fille. Tu ne pouvais pas repartir dimanche avec nous ? » Arlorio, accoudé au parapet au-dessus de la falaise, sourit en disant que nous n'avions qu'à rester là tous les deux jusqu'à dimanche. Arianna lui jeta un regard assassin, puis elle salua les autres. Cela prit du temps parce qu'elle fixait et prenait des rendez-vous pour quand elle serait rentrée à Rome. Le dernier qu'elle salua fut Arlorio. Il continuait à sourire et cela la rendait nerveuse. « Salut », lui dit-elle. Puis elle se tourna parce que le majordome était arrivé avec sa valise. « On met les voiles ? » me dit-elle en s'acheminant. Nous étions au bout de la terrasse quand nous entendîmes encore la voix d'Arlorio. « Arianna ! dit-il fortement. Tu n'oublies pas quelque chose ?

— *Quoi*, d'après toi ?

— Tu le sais bien », dit Arlorio en tendant une main.

Les grands yeux d'Arianna le fixèrent un moment, puis elle fouilla dans les poches de son jean. Il était très moulant et elle eut du mal à en extraire son jeu de cartes. Elle le donna au majordome qui, à son tour, le remit à Arlorio. Celui-ci le prit et le soupesa puis, sans cesser de sourire, il le jeta derrière lui, en bas de la falaise. Alors, Arianna sourit aussi.

Nous suivîmes le majordome en silence. Quand nous arrivâmes à la vieille Alfa, je passai devant lui pour ouvrir le coffre. Le majordome y déposa la valise puis s'épousseta les mains. « Au revoir, Mademoiselle, dit-il. À bientôt à Rome, j'espère. » Arianna hocha la tête et monta dans la voiture. Pendant les cent premiers kilomètres, aucun de nous deux ne parla. C'est à cette occasion que je découvris que deux personnes produisent plus de silence qu'une seule. Arianna se taisait en regardant par la vitre les montagnes rocheuses qui s'éteignaient dans le crépuscule. La mer prenait une couleur de perle. Il y avait une grande tristesse dans la hâte avec laquelle les jours raccourcissaient. Comme pour remédier à quelque chose d'irrémédiable. Déchiré, je pensai à septembre, quand la férocité de l'été s'apaiserait. « Pourquoi tu as voulu que je vienne te chercher ? » dis-je.

Elle ne répondit pas immédiatement. Puis elle dit : « Tu as raison, excuse-moi. »

Je le savais très bien. Elle avait voulu me montrer à Arlorio, de la même façon que lui m'avait été montré un soir devant le portail de la villa de Sant'Elia. L'avantage d'Arlorio consistait à ne pas le savoir. Bien, si on faisait l'addition, en gros c'était lui qui les avait tous. C'était terminé pour moi. Maintenant, la route longeait la voie ferrée. La nuit tombait. Avec la nuit, il ne fut plus trop difficile de se taire. La ligne droite bordée d'arbres était tapissée d'ombres et le vent frais entrait par les fenêtres. Nous croisâmes les lumières du premier village des Castelli et nous nous arrêtâmes pour manger hâtivement dans une trattoria. Nous repartîmes tout de suite après et, au bout d'une heure, nous étions dans la banlieue de Rome. « Je te dépose chez toi ? » dis-je, mais elle dit qu'elle ne remettrait jamais les pieds chez Eva. « Où, alors ?

— Je ne sais pas. Je pensais à chez toi. Pour quelques jours.

— Non, dis-je.

— Tu as tout compris, pas vrai ? » dit-elle en essayant de sourire.

La ville se réanimait. Les gens rentraient chaque jour plus nombreux et, d'une certaine manière, tout allait redevenir comme avant. Rien ne changeait jamais dans cette ville, c'était ainsi. Je lui dis que je la déposerais à un hôtel. « D'accord », dit-elle en fouillant dans son sac à main à la recherche de quelque chose. La voiture se remplit du parfum des lilas. « Excuse-moi, dit-elle encore. Je suis vraiment désolée. »

9

J'étais soûl du matin au soir. Comme à la grande époque, à vrai dire. Les journées filaient sans rien demander à personne, l'été s'était transformé en automne et l'automne se transformait en hiver. Le seul moment abracadabrant était le réveil, le vomissement matinal compte parmi les aspects les plus désagréables de l'activité alcoolique intense, mais pour le reste je ne pouvais pas me plaindre. Je continuais d'aller au *Corriere dello Sport*, même si le tremblement de mes mains m'empêchait presque de taper à la machine. Mes doigts se coinçaient entre les touches et j'avais toujours les ongles cassés. La plupart du temps, je restais immobile devant la machine pendant que le disque tournait à vide. Quand les filles commencèrent à se fatiguer de faire aussi mon travail, elles informèrent le chef de service de la situation. Le molosse joua d'abord la carte de la compréhension puis, n'arrivant à rien, il me communiqua que je devrais partir fin novembre. Mais il y a toujours une justice, dans ce monde, et l'échéance de mon chef arriva quinze jours avant la mienne. Non, ce n'est pas qu'il mourut, juste qu'il y eut une sorte de révolution dans les hautes sphères du journal, dont je n'entendis que vaguement parler mais au terme de laquelle le chef de service fut licencié et son poste repris par Rosario. J'étais peinard.

Le soir, j'allais chez Signor Sandro et, une fois que je m'étais mis à la hauteur de la situation, je sortais me bagarrer avec les policiers. Les gens en uniforme m'avaient toujours déplu et quand j'avais bu j'éprouvais la nécessité impérieuse de le leur dire. Je m'en prenais à quiconque en portait un, même aux traminots, mais, après les policiers, mes préférés étaient les portiers d'hôtel. Je rentrais à la maison épuisé. Le matin, si j'arrivais à tenir debout, je prenais le scénario du film et j'allais faire le tour des maisons de production. Je ne faisais pas cela uniquement pour Graziano mais aussi pour moi. Je payais encore les frais de l'enterrement, qui avaient été vertigineux. Ça n'avançait pas. Il était rare que je parvienne à parler avec quelqu'un de plus important qu'une secrétaire, je finis d'ailleurs au lit avec deux d'entre elles, me semble-t-il. Puis un jour je réussis à entrer dans le bureau d'un producteur.

Il était jeune, dynamique, septentrional et sans le sou. Il avait lu le scénario et il lui avait beaucoup plu. Il y avait quelqu'un d'autre avec lui dans son bureau, un type qui portait un jean et un pull, réalisateur de profession. J'avais vu certains de ses films, des westerns pas aussi mauvais que leurs titres le laissaient présager, et nous eûmes une discussion affable. Le film lui plaisait, dit le réalisateur, même s'il fallait modifier quelques éléments du scénario, secondaires pour le fond de l'histoire. Beaucoup de choses dépendaient de mon tarif, dit quant à lui le producteur, très circonspect. Je dis que cet aspect ne serait pas un problème, ils eurent l'air soulagés et le ton redevint affable. Ils avaient l'acteur idoine sous la main, un jeune chanteur pop qui s'était lancé dans le cinéma. Certes, il était un peu jeune mais une des idées du réalisateur consistait justement à rajeunir le protagoniste d'une dizaine d'années. « J'en ferais un de ces babas cool sympathiques, dit-il, un jeune pacifiste. Cela rend le fait qu'il tue son père beaucoup plus emblématique.

— Il pourrait même jouer de la flûte sur la place Navone », dis-je.

Le réalisateur réfléchit à cette idée en plissant les yeux. Elle lui parut bonne. Nous parlâmes encore, sur un ton de plus en plus affable au fur et à mesure que la bouteille de whisky sur la table se vidait. Quand elle fut finie, je la poussai vers eux en leur disant où ils pouvaient se la mettre et pourquoi. Ils en furent très importunés et essayèrent même de me tomber dessus, mais je réussis à mettre les voiles indemne en brandissant la bouteille. Je l'avais toujours à la main quand je me retrouvai dans la rue et allai la rendre dans le bar le plus proche. On refusa de me donner quoi que ce soit en échange et je parlementai longuement, affirmant que le verre ce n'était pas du plastique et qu'il devait encore être un tant soit peu coté en Bourse. Mais mes interlocuteurs ne connaissaient rien à la haute finance, alors je partis. La première chose que je vis dans la rue fut un policier qui descendait d'une voiture de patrouille. Je m'élançai contre la portière au moment même où il sortait la tête. J'appris plus tard qu'il avait perdu deux dents.

Quant à moi, je me réveillai dans un lit en fer avec un visage, celui d'une femme aux traits épais et patients sous sa coiffe blanche, penché à quelques centimètres du mien. Juste après, je sentis une aiguille me percer le bras. La seringue était remplie d'un liquide rouge. Je vis les sangles sur les côtés du lit. Je demandai s'ils s'en étaient servis. « Juste la première nuit, dit l'infirmière.

— Depuis combien de temps je suis là ?

— Quatre jours.

— Donnez-moi mes habits », dis-je en m'asseyant dans le lit.

Nous étions dans une grande pièce pleine de lits mais deux seulement étaient occupés, un par moi et l'autre par un inconnu, près de la porte. Je voulais voir le médecin et mettre les voiles mais, quand j'essayai de me lever, ma tête tourna et mes genoux flanchèrent. J'avais affreusement froid malgré les gros radiateurs au pied des murs décrépis. « Je vais vous apporter une autre couverture, dit l'infirmière en m'aidant à me recoucher. Vous verrez le médecin à midi. Vous avez quelqu'un à prévenir que vous êtes ici ? »

Je ne répondis pas et tirai la couverture sur mes épaules. Je dormis encore jusqu'au lendemain et, quand je me réveillai, je me sentais bien et j'avais envie de boire quelque chose. L'infirmière, une autre, dit que pour ce qui était de boire je pouvais oublier, mais que si je voulais je pouvais parler au médecin. C'était toujours ça, un médecin. Je dis que je voulais le voir immédiatement et puis partir. Presque tous les lits de la pièce étaient maintenant occupés. Je fus conduit dans un bureau meublé d'un placard vitré et d'une table. Derrière la table, il y avait un vieil homme aux manières brusques. La première chose qu'il fit, quand je me fus assis en face de lui, ce fut de me demander si je voulais mourir.

« Non, dis-je.

— Alors regardez ça », dit-il en me tendant une feuille. Je ne la pris pas et, après m'avoir jeté un coup d'œil, il la posa sur la table. « Vous savez ce qu'est un état crépusculaire ? » dit-il. Je secouai la tête et il commença à lire la feuille. J'entendis qu'il parlait d'interruption de la conscience, de personnalité primitive fragmentée, d'agitation anxieuse, d'état de stupeur, d'actes automatiques, de délire monotone et de fabulation. Fabulation, cela me plut beaucoup. « Est-ce qu'il vous arrive de voir des souris ? » dit-il. Cette question m'effraya. Comment ça, des souris, je n'en étais pas là. Je ne dis rien mais il comprit et posa la feuille. « Est-ce que vous vous souvenez que vous avez jeté une bouteille vide contre le miroir d'un bar et que vous avez agressé un policier ? Une plainte a été déposée contre vous. » Je ne me souvenais que du policier. Le médecin me regarda, puis il laissa tomber son crayon sur la table et émit sa sentence. « Vous ne devez pas retoucher à une goutte d'alcool, dit-il. Votre foie ne vous le permet pas. Il faut que vous y fassiez attention. Il y a des gens qui peuvent boire et d'autres pas. Vous, vous ne pouvez pas. Mettez-vous ça bien en tête si vous voulez continuer à vivre. Sinon, faites ce que bon vous semble.

— Je ne boirai plus, dis-je.

— Ça ne tient qu'à vous.

— Je ne boirai plus, dis-je à nouveau. Je peux partir ?

— Si vous vous le sentez », dit-il.

Alors je le remerciai et allai vers la porte. Quand je l'ouvris, il parla encore. « Gazzarra », dit-il. Et je me tournai parce que sa voix était différente, gentille. « Ça va être dur, dit-il quand je le regardai.

— Je sais, dis-je. J'ai déjà essayé une fois. » Soudain, j'eus envie de pleurer. « Revenez, si vous avez besoin d'aide. » Je refermai la porte et empruntai le couloir. Une infirmière poussait un chariot rempli de seringues rouges. Il tintait comme une desserte à bouteilles. Je l'arrêtai et lui demandai si je pouvais récupérer mes habits. J'allai dans la grande pièce et attendis, assis sur le lit. Quand l'infirmière revint avec mes habits, je lui demandai quel jour on était. Dans dix jours ce serait Noël.

Quand on arrête de boire, on a toujours l'impression que le monde en profite pour nous prendre d'assaut, mais dans mon cas ce ne fut pas qu'une impression. Le lendemain matin, chez moi, je fus réveillé par un vrombissement étouffé et monotone que je n'avais jamais entendu. J'allai à la fenêtre et vis que la vallée était fichue. Sous le soleil froid de décembre, une pelleteuse déracinait les arbres, laissant sur l'herbe un sillage sombre, pareil à une blessure. Ils construisaient et, comme toujours, pour commencer ils détruisaient tout.

Ça dura comme ça pendant des jours et des jours et, de temps à autre, le craquement d'un arbre qui s'abattait s'unissait au vrombissement de la pelleteuse, mais je ne rentrais plus à la maison que pour dormir.

Je réussissais à peine à tenir debout. L'alcool s'en était allé de mes veines, laissant un vide que je ne savais pas comment combler. Je me forçais à manger beaucoup de viande et de légumes frais, ainsi que le recommandait le papier qu'on m'avait donné à la sortie de l'hôpital avec des comprimés bleus, et je buvais péniblement un peu de thé et quelques oranges pressées. Un soir, pensant que je mangerais plus volontiers si j'avais de la compagnie, j'appelai les Diacono. C'est Viola qui répondit mais, entendant derrière elle d'autres voix que je connaissais, je pris rendez-vous pour le lendemain soir. Quand j'arrivai chez eux il y avait, derrière le canapé en velours blanc du séjour, un sapin de Noël presque aussi gros que celui du grand magasin la Rinascente. « La ville a perdu la tête, dit Viola. Es-tu allé dans le centre, ces derniers jours ? »

Je l'avais soigneusement évité. S'il y avait bien une chose que je ne pouvais pas supporter, c'étaient les décorations dans les rues et les pères Noël à barbe blanche devant les magasins. D'ailleurs, je ne pouvais pas supporter les sapins de Noël non plus depuis qu'ils étaient en plastique mais je ne le dis pas, pas seulement parce que celui des Diacono était un vrai sapin, qui avait une odeur de sapin et ce qui allait avec, mais aussi parce que j'étais bien et que je n'avais pas envie de parler. Je regardais le majordome qui allait et venait en mettant la table. L'atmosphère était familière, agréable, pendant que nous attendions que Renzo rentre de la télévision. Et puis il y avait quelque chose de plus. J'avais vu des paquets colorés entassés dans le couloir, et cela m'avait évoqué des Noël milanais oubliés, l'air froid et humide, l'odeur du brouillard et des mandarines et surtout les magasins, les charcuteries magnifiquement décorées avec leurs montagnes de fromages frais, leurs colliers de saucisses et leurs saucisses de Strasbourg bouillantes et délicieuses. À Noël, mon père commandait des corbeilles entières de provisions et, tout l'après-midi du 24 décembre, un ballet de livreurs venait sonner à la porte et déposer des montagnes de merveilles sur la table de la cuisine, accueillis par les petits cris de mes sœurs qui goûtaient aussitôt un peu de tout, ce qui mettait ma mère en colère parce qu'elles allaient gâcher la présentation des plats. Bon Dieu, nous avions été heureux, autrefois. Je fus pris du désir soudain d'aller à Milan. « Autrefois, les fêtes de Noël étaient plus intimes, dit Viola. De nos jours, cette histoire de cadeaux est devenue une véritable folie. Sais-tu combien Renzo a dû dépenser pour les cadeaux de Noël ? »

« Ça, c'est pour toi, disait mon père. Et ça pour toi, et ça pour toi », pendant qu'il distribuait les cadeaux. Il ne disait jamais nos prénoms, va savoir pourquoi.

« Tu as eu des nouvelles d'Arianna ?

— Oh, dis-je tandis qu'un couteau commençait à remuer dans ma poitrine. Elle doit cultiver ses lilas.

— C'est fou, dit Viola sans comprendre de quoi je parlais mais, elle, elle n'avait pas été devant la villa de

Sant'Elia. Ce type, cet Arlorio, il l'empêche de voir sa sœur et, par conséquent, nous aussi. Eva est désespérée. Elle est au fond du trou. » Elle me regarda. « Tu savais qu'elle est avec Arlorio, pas vrai ? » dit-elle, indécise. Je dis que non et elle se mordit les lèvres, alors je dis que cela étant je m'en doutais et elle se recomposa. Elle devint méditative. « Pourquoi ça s'est fini comme ça, Leo ? » dit-elle. Je ne répondis pas. Réussir à ne pas y penser était déjà assez difficile comme ça sans que les autres s'en mêlent. Cependant, Viola avait envie de parler. « En grande partie, ça a été la faute d'Eva. Elle était maladivement jalouse. Je ne parle pas de Livio, à mon avis cette histoire c'était n'importe quoi, je parle d'avant, de toi. Elle ne supportait pas qu'Arianna soit amoureuse de toi. »

Ainsi j'appris qu'elle m'avait aimé. Ainsi j'appris, sur le ton confidentiel et suave du ragot, qu'elle m'avait aimé. Il y avait eu des scènes terribles à cause de moi. Eva ne comprenait pas comment Arianna pouvait être amoureuse d'un type aussi brancal que moi. Elles ne faisaient que se disputer mais la scène la plus violente avait eu lieu quand j'avais disparu de la télévision. Ils dînaient tous ensemble et Arianna, en proie à ses peurs, n'avait pas arrêté de se lever pour me téléphoner jusqu'à ce qu'Eva explose. Il y avait eu des assiettes cassées et des pleurs et, en fin de compte, Arianna était partie en criant qu'elle allait s'installer chez moi. Mais elle ne m'avait pas trouvé et, à cinq heures du matin, elle était allée chez les Diacono. Elle était si mal qu'ils avaient dû appeler un médecin. « Elle n'arrivait pas à respirer », dit Viola. Je ne dis rien. Je pensais au lendemain soir, quand elle était venue chez moi et que je l'avais laissée sur le fauteuil en lui tournant le dos.

Renzo entra et me donna, comme à son habitude, une bourrade dans le dos. « Mais qui voilà, dit-il. Qu'est-ce que tu penses du sapin ? »

« Il est toujours aussi sauvage, dit Viola en riant. Il ne l'a même pas regardé. » Ils m'agaçaient. Je pensais à ce que Viola m'avait dit en me raccompagnant à la porte le soir où j'avais disparu de la télévision. *Téléphone à Arianna. Tu sais comme elle est douée pour dramatiser,* voilà ce qu'elle avait dit. Après tout ce qui s'était passé, après l'avoir vue dans cet état, voilà ce qu'elle avait dit. Mais ils étaient comme ça. Ils prenaient tout par-dessus la jambe. Ils étaient superficiels et sûrs d'eux. Ils réduisaient les gens en bouillie par un simple mot d'esprit puis ils passaient leur chemin, en direction du fauteuil le plus proche. Bien, un autre endroit à oublier. Je dus faire un effort pour parler pendant le dîner. Puis je dus en faire un autre pour jouer aux échecs avec Renzo. Je pensais à Milan. J'avais envie d'un peu de cette vie sérieuse et un peu étriquée propre à ma ville sinistre. J'étais las des mots d'esprit et des salons où l'on tuait sans faire couler de sang, à sec, comme si les hommes étaient des vêtements.

Quand je sortis, un vent glacial, à vous couper les mains, lustrait la ville sous un ciel resplendissant, à vous briser le cœur. Je relevai le col de mon manteau et montai dans la vieille Alfa. À l'abri du vent, je comptai l'argent que j'avais. Il suffisait. Il y avait un train à une heure et j'eus tout juste le temps de le prendre. Je voyageai toute la nuit. Le train était bondé et dans le compartiment l'air était irrespirable. Alors j'allai dans le couloir et m'assis sur un strapontin, le front appuyé contre la vitre. J'étais mal installé, mais je m'endormis quand même en écoutant les voix qui sortaient des compartiments plongés dans le noir. La dernière chose que j'entendis, dans le silence d'une petite gare, ce fut le rire d'une fille, puis je n'entendis ni ne sentis plus rien, pas même le froid de la vitre contre mon front. Je me réveillai deux fois. Une en pleine nuit pendant que le train traversait les Apennins. Ils étaient couverts de neige et je les regardai en fumant une cigarette. L'autre, ce fut presque à l'aube, tandis que nous roulions dans la plaine. Deux heures après, j'étais à Milan.

Je descendis du train dans un matin blafard. J'étais au bout du rouleau et je sentais que j'avais cette odeur de chemin de fer typique des nuits passées dans le train. Je ne pouvais pas me présenter à la maison sans valise et dans cet état. J'allai aux bains publics. Le visage que je vis dans le miroir me fit comprendre combien l'entreprise était désespérée. C'étaient mes yeux, gonflés et rouges, qui me trahissaient, et puis mes joues, creuses, flasques, des joues de vieillard. Je pris une douche et passai chez le barbier, sans améliorations fondamentales. Alors j'essayai de prendre un petit déjeuner mais le café était mauvais et brûlant, la viennoiserie enveloppée dans du plastique semblait sortie d'une usine de pneus et le barman ne valait guère mieux qu'un plongeur travaillant à la va-vite. Je dus faire un effort pour ne pas remonter dans le train, et sortir de la gare.

Je connaissais l'odeur de l'air, cette odeur de brouillard et de broussailles fumantes que Milan a toujours en hiver. Il avait neigé la veille et les trottoirs étaient bordés de monticules de neige sale et gelée. Les maisons se dressaient dans une brume claire qui ouatait les sons, de temps à autre percée par un soleil sur le point de s'éteindre. Il faisait froid. J'étais encore ankylosé quand je montai dans un tram, *mais les trams sont beaux*, et m'assis sur un des bancs en bois brillant, poli. Autour de moi, les gens, pâles et abattus, parlaient avec cette vieille cadence oubliée, prêts pour le massacre quotidien.

Je commençai à reconnaître les rues de mon quartier. Beaucoup de nouveaux magasins avaient ouvert depuis que j'étais parti et je ne reconnaissais les lieux presque qu'à leur nom. Ce matin-là, je remarquais les changements avec plus de netteté et pourtant certains éléments réémergeaient du passé, une auberge avec une enseigne verte décorée d'une danseuse blanche, les commerces des Chinois et le bureau de tabac où les putes allaient bavarder et se recoiffer, tout cela avait tenu bon, écrasé entre les nouvelles boutiques à vitrines. Puis, soudain, je ne reconnus plus rien. Où était l'affreuse église baroque ? Pendant un moment, je pensai que le tram avait changé d'itinéraire et, instinctivement, je vérifiai les noms des rues. C'étaient les bons, mais l'église n'était plus là et pas seulement l'église, comme je le constatai en descendant du tram, mais aussi la colline en face de chez moi. Il y avait eu une colline arborée, avec des marches de granit et de grandes pentes sur lesquelles, enfant, j'avais fait de la luge pendant les longs hivers glacés, me cassant une fois le bras. Elle n'était plus là. Elle avait été rasée et, à sa place, il y avait l'édifice bas d'un marché couvert. Mais ce n'était pas cela qui me stupéfiait. C'était le court laps de temps dans lequel ce changement avait eu lieu. Je descendis du tram et me mis à errer dans le marché. Il débordait de marchandises, surtout de fruits et de sapins entassés dans les coins, qui répandaient une absurde odeur de forêt. J'achetai une grappe de raisin et me mis à le manger. Il était si froid qu'il me faisait mal aux dents. Pendant ce temps, je regardai ma maison. Elle était restée identique, mais elle ne m'évoquait rien quand même. C'était la rue qui fichait tout en l'air. Autrefois, c'était une rue propre mais maintenant elle était dégoûtante. Je jetai la rafle de raisin et m'apprêtai à traverser pour aller chez moi, mais je m'interrompis.

Mon père était en train de sortir. Sur le coup, je voulus l'appeler puis j'envisageai de le suivre et de glisser une main sous son bras, comme si de rien n'était, et voir sa surprise, mais au lieu de cela je restai immobile. Apparemment, il n'avait pas changé, son corps était grand dans son manteau, et son pas toujours puissant et souple, mais je savais que si je regardais ses yeux je verrais combien il avait vieilli. Je restai immobile tandis qu'il s'approchait de son auto. Il ouvrit la portière et se tourna vers la maison. Je suivis son regard et vis ma mère à la fenêtre. Il lui fit un geste de la main, un au revoir et, à la fois, une invitation à rentrer pour ne pas prendre froid, mais elle ne bougea pas et sourit en lui faisant à son tour signe d'y aller. Je ne les avais jamais vus accomplir ce rite. Peut-être qu'il n'avait lieu que depuis qu'ils étaient restés seuls. Mon père monta alors dans la voiture et attendit longuement que le moteur chauffe, avec son incroyable respect pour les objets. Pendant tout ce temps, ma mère resta à la fenêtre, mais derrière les vitres fermées, aussi ne pus-je pas bien la voir ni savoir comment elle se portait. Quand enfin l'auto bougea et se dirigea en éternuant vers le carrefour, ma mère disparut de la fenêtre.

Je continuai à rester immobile. Je ne les avais jamais vus si paisibles. Bien sûr, ils ne pensaient pas à moi, pourquoi aurais-je dû aller leur casser les pieds ? Noël était dans deux jours, tout devait déjà être organisé pour le déjeuner avec leurs filles, les maris et les enfants de leurs filles. Que des gens comme il faut. Où était ma place là-dedans ? Je sentais déjà les regards silencieux de mon père, j'entendais déjà les questions de ma mère, les commentaires de mes sœurs du haut du petit monticule de respectabilité bien ordonnée où elles avaient fait leur nid. Ça faisait longtemps que j'étais parti, fallait-il vraiment que je choisisse Noël pour venir leur casser les pieds ? En tout cas, il fallait que je fasse quelque chose, ne serait-ce que bouger. Il faisait trop froid pour rester immobile. Alors je partis à la recherche d'une charcuterie et je ne m'arrêtai que lorsque j'en eus trouvé une qui convenait. À l'intérieur, elle était plus chargée et plus resplendissante qu'une cathédrale. Je commandai un sandwich à la saucisse de Strasbourg bouillante, y fis ajouter de la choucroute et un peu de moutarde, puis m'acheminai vers la gare en mangeant. Les saucisses étaient exceptionnelles. Elles valaient bien un voyage à Milan, à vrai dire. C'était étrange, mais je ne me sentais même pas triste. Pas trop, du moins. Un peu brancal, ça oui, et à un moment donné je pris le tram. Si j'avais un peu de chance, je trouverais un bon livre au kiosque de la gare et un train pas trop bondé. J'eus de la chance. Le livre était bon et le train pratiquement vide. La tristesse s'empara de moi quand le train se mit en mouvement. Quand je me rendis compte que s'il était allé dans une autre direction, n'importe laquelle, ça aurait été la même chose pour moi.

Fin janvier, je reçus une lettre de Glauco et Serena. C'était la première depuis leur départ et, en la lisant, je sus que ce serait aussi la dernière. Ils rentraient. Ils disaient le jour et le numéro de leur vol et je pensai que je devrais aller les chercher. Je passai deux jours à remettre l'appartement en ordre. Je dus me faire aider par la concierge parce qu'il y avait maintenant beaucoup de pelleteuses dans la vallée et qu'elles soulevaient une poussière abracadabrante. Ça faisait des mois que je laissais tout à l'abandon et ce ne fut pas une mince affaire de faire retrouver une allure décente au trois-pièces.

Je m'aperçus qu'ils avaient changé dès que je les vis descendre de l'avion. Je peinai à les distinguer des autres passagers, puis je reconnus la démarche de boxeur de Glauco et, à côté de lui, la silhouette svelte de Serena, couverte d'un poncho. Ils vinrent vers moi en faisant de grands gestes. Glauco fut le premier à me rejoindre. Il avait grossi et était beaucoup plus jovial que lors de son départ. Il devait l'avoir reconquis, son titre. Il me serra chaleureusement la main. Serena, elle, m'embrassa sur les lèvres. « Ne me regarde pas, dit-elle. Le voyage a été épouvantable. » En réalité, elle était très jolie et, quand elle vit la vieille Alfa, elle rit, amusée. « Quoi, dit-elle. Tu as gardé cette épave ? Que c'est mignon ! »

Nous chargeâmes leurs valises et nous serrâmes à trois sur la banquette avant. Glauco était le plus satisfait. Il avait présenté deux expositions dans les meilleures galeries de Mexico. Quant à Serena, tous les critiques étaient tombés en pâmoison devant ses scénographies d'*Andrea Chénier* et de *La Traviata*. Est-ce que je savais comment on les appelait ? On les appelait les deux Italiens géniaux. Et je ne pouvais pas imaginer les réceptions. De quoi tomber raide, avec tous ces militaires et les hommes politiques. Il était vrai que Glauco s'était fait cracher dessus par un étudiant, mais ils avaient appris à s'en foutre, des contestataires. De toute façon, ces types-là, on ne savait même pas ce qu'ils racontaient. Tout juste bons à se faire massacrer sur les places. « Bref, dit Serena, on a gagné plein de fric et il nous tarde d'y retourner. Comment ça va, ici ?

— Toujours pareil, dis-je.

— Comment diable vous faites pour vivre ici ? dit Glauco. Nous, on repartira dès que possible. Pas vrai, ma jolie ? »

Ils remarquèrent à peine l'ordre qui régnait dans l'appartement, lequel, du reste, disparut vite sous l'avalanche de leurs bagages. Serena tira une robe de chambre mexicaine de sa valise, prit une douche et s'assit dans le fauteuil pour boire une bouteille de tequila achetée au duty free. « Rien ne vaut la tequila, dit-elle. C'est du fuego ! Alors, quoi de neuf de ton côté ?

— Toujours pareil, dis-je. Je ne bois pas.

— Évidemment, tu peux rester ici autant que tu veux. Je te trouve un peu à plat.

— Il peut rester pour toujours, s'il veut, dit Glauco qui sortait en slip de la salle de bain. Tu ne voudrais quand même pas continuer à habiter ici, mais il ne dit rien au sujet du squelette de béton qui avait remplacé les arbres dans la vallée.

— Je retourne à l'hôtel, dis-je. Je les ai déjà prévenus. Ils me redonneront la même chambre. Mais demain, si ça vous va. » Ça leur allait et, après un dernier verre, ils commencèrent à défaire leurs valises et à ranger leurs habits dans l'armoire de la chambre. Chaque objet qu'ils prenaient en main avait une histoire et ils avaient tendance à toutes me les raconter. « Ça, c'est pour toi, dit Serena en me tendant un petit totem en bronze. C'est le dieu de la fertilité. » Il était écrasé, torve, avec deux pierres rouges à la place des yeux. « Vieux cochon, dit Glauco en s'asseyant sur le lit. Je me demande ce que tu as fait subir à mon lit. Comment ça va, avec les femmes ? Jamais compris pourquoi elles avaient un faible pour toi. Et les amis ?

— Graziano est mort, dis-je.

— Oh Seigneur, qu'est-ce que tu me racontes ? dit-il. Je suis désolé, c'était un des nôtres. »

Mais bien sûr. J'allais lui dire une fois pour toutes ce que je pensais de lui quand Serena arriva avec la robe de chambre rouge à la main. « Tu as gardé ce chiffon ? dit-elle. Pourquoi tu ne l'as pas jeté ? » Elle déposa un baiser sur mes lèvres. Il m'était difficile de les supporter et je regrettai d'avoir dit que la chambre d'hôtel se libérerait le lendemain, mais il y avait le problème de mes livres et de mes vêtements à résoudre, et quoi qu'il en soit j'avais besoin d'une journée de plus. Histoire de ne pas rester plus longtemps avec eux, j'allai au *Corriere dello Sport* bien que ce fût mon jour de repos.

Le soir, quand je rentrai, ils regardaient la télévision. Ils l'avaient fait réparer l'après-midi même. Je restai avec eux le temps d'une cigarette puis je m'en allai dans ma chambre. Pour la première fois, je fermai la porte. J'eus beaucoup de mal à m'endormir parce que depuis que j'avais arrêté de boire j'étais tourmenté par l'insomnie. Je les entendis traîner dans l'appartement, entre la salle de bain et le couloir, et pendant quelques minutes j'entendis aussi leurs voix, Serena qui ricanait et Glauco qui la traitait de crétine. Puis ils fermèrent la porte de leur chambre à coucher. Au bout d'un moment, j'entendis les ressorts du lit gémir. Alors j'allumai la lampe et me mis à lire. Quand Serena alla aux toilettes, elle dut remarquer la lumière qui filtrait sous ma porte parce que je l'entendis ricaner.

Le lendemain matin, Glauco sortit tôt pour aller chercher un atelier à louer et Serena vint m'apporter le café au lit. Elle portait la robe de chambre rouge, ouverte sur sa poitrine. « Fais-moi de la place, dit-elle en s'asseyant sur le lit tandis que je buvais le café. Pourquoi tu l'as gardée ? dit-elle ensuite en tripotant sa robe de chambre.

— Je pensais que tu t'en servirais encore.

— De ce chiffon ? » dit-elle en riant. Puis elle caressa la couverture. « Tu n'as pas l'air reposé, dit-elle.

— Je n'ai pas beaucoup dormi, dis-je.

— Moi non plus je n'ai pas beaucoup dormi, dit-elle.

— Ce doit être à cause du voyage, dis-je en pensant à quand je l'avais embrassée au milieu des valises, avant leur départ.

— Oui, ça doit être ça », dit-elle en ricanant. Alors je lui dis que je devais finir de rassembler mes livres et je lui fis comprendre qu'elle devait mettre les voiles. Elle resta interdite un instant, puis haussa les épaules et rit encore. « Tu es bizarre, dit-elle. Tu as toujours été le plus bizarre des amis de Glauco. » Quand je fus seul, je regardai la tasse de café. Il en restait un peu et je le terminai. Puis je me recouchai et écoutai le bruit des pelleteuses, immobile.

10

De tous les hôtels où j'avais habité, celui derrière le Campo dei Fiori était mon préféré. J'aimais y rentrer le soir en passant par les ruelles et traverser les places vides et silencieuses. C'était le vieux cœur de pierre de la ville que, cinq siècles auparavant, des architectes visionnaires avaient construit sous les ordres de sévères pontifes et où un nombre démesuré d'églises, écrasées entre les palais, élevaient leurs crêtes de travertin pour indiquer la possible atrocité du ciel. De jour, le quartier était une fourmilière mais vers le soir on sentait qu'on était en dessous du niveau du fleuve et, sur les murs des bâtiments, des plaques de pierre portant une date témoignaient des niveaux atteints par d'anciennes crues. À l'abri des digues les plus hautes, le quartier s'était comme desséché. De grandes lézardes sillonnaient les murs des bâtisses, les crépis se détachaient et, en marchant dans les rues, on pouvait voir à travers les fenêtres les plafonds historiés partir en miettes. Dans leurs ateliers, les artisans avaient toujours l'air de réparer quelque chose.

Je voyais souvent une fille qui s'appelait Sandra. Elle

avait vingt-deux ans et on se retrouvait place Navone pour aller au restaurant et au cinéma. Elle aimait beaucoup les cinémas d'art et d'essai mais ils projetaient toujours des films que j'avais déjà vus et quand je finis par lui dire de choisir entre les cinémas d'art et d'essai et moi, elle choisit les cinémas d'art et d'essai. Pour le reste, j'allais tous les jours au *Corriere dello Sport* mais je ne travaillais plus pour Rosario. Un article écrit pour remplacer un rédacteur malade m'avait ouvert les portes de la rédaction. Je n'avais trouvé aucune raison de ne pas accepter, mais Rosario l'avait mal pris parce que je faisais ce qu'il avait toujours rêvé de faire et que je gagnais plus. J'étais désolé qu'il soit devenu froid avec moi parce qu'il m'avait beaucoup aidé dans les moments difficiles et j'essayais de passer le voir le plus souvent possible, mais cela ne faisait que l'irriter encore plus et je finis par arrêter.

Au printemps, le journaliste qui s'occupait du tennis publia une interview de Livio Stresa. Il faisait son retour dans les tournois et le journaliste se demandait si, à quarante ans et après une si longue période d'inactivité, il pouvait encore remporter quelque chose. Le tournoi se déroulait à Rome et je le suivis à travers les chroniques que nous publiions. À la surprise générale, Stresa fit de grands matchs et, aidé par une pincée de chance, il se retrouva en finale contre un Polonais âgé de vingt ans qui avait éliminé la tête de série la plus forte du tournoi. J'y réfléchis un peu puis décidai d'aller voir la rencontre.

C'était une splendide journée printanière et, sur les gradins, il y avait des acteurs de cinéma, des réalisateurs, des écrivains, des journalistes, les plus jolies filles de la ville et les femmes que l'on était habitué à voir en photo dans les magazines. Le match était très attendu et tout le monde cherchait les meilleures places. Je tâchai d'identifier le groupe sur les gradins de la tribune centrale, la plus chère, mais je ne le vis pas. Je le trouvai finalement dans le bas de la tribune au fond du court, d'où l'on pouvait assister à la rencontre sans avoir à tourner la tête et encourager les joueurs juste quelques mètres derrière eux. Ils portaient d'étranges petits chapeaux blancs et ils y étaient tous, les Diacono, Eva, le jeune Russe, le mannequin, l'humoriste et l'écrivain à la moustache blanche qui avait publié pendant l'hiver un livre qui n'avait pas remporté un prix important. Il ne manquait qu'Arianna. Quand Stresa entra sur le terrain, tout le groupe se leva en criant mais il était très nerveux et il leur jeta à peine un regard.

Ce fut un match long et éreintant. Stresa était un bon joueur, froid et intelligent, tandis que le Polonais, blond et très apprécié de ces dames, jouait avec beaucoup de rage. Il fut immédiatement clair que le vainqueur serait celui qui résisterait le plus longtemps à l'effort. Pendant presque trois heures, le groupe passa de l'exaltation à l'abattement. Chaque fois que Stresa jouait de leur côté du terrain, ils faisaient un tel tapage pour le soutenir que l'arbitre dut demander plusieurs fois le silence. Mais, pour être émouvante, cette rencontre l'était, et quand au début du cinquième set Stresa se mit à envoyer ses revers dans le filet, je l'encourageai moi aussi. Je ne sais pas pourquoi je le fis. Peut-être parce que j'étais guéri, peut-être parce qu'il souffrait de cette manière fine et cruelle, faite de silence et de solitude, dont le tennis peut faire souffrir, peut-être parce que je l'avais vu tenir le verre d'Eva dans un hall de théâtre et que maintenant, en contrebas, au milieu de tous ces gens qui criaient, il ne ressemblait plus à un oiseau désorienté mais à un coq de combat aux ergots ensanglantés. Peut-être parce que nous avions eu tous les deux Arianna dans nos bras et que nous l'avions perdue.

Le dernier jeu se déroula dans un silence nerveux tandis que les deux joueurs s'échangeaient des balles assassines. Sur un amorti de Stresa, dans un dernier sursaut le Polonais récupéra la balle sous le filet et la fit remonter juste assez pour la remettre en jeu. Je vis Stresa, au fond du court, rester immobile et fermer les yeux. Un cri s'éleva. Je reconnus la voix d'Eva. Puis un tonnerre d'applaudissements de soulagement partit des tribunes, les nerfs du Polonais cédèrent soudainement et il éclata en sanglots. Stresa parvint à sourire et passa un bras autour de son cou en le félicitant. Alors, je fus content de l'avoir encouragé. J'avais toujours aimé les gens qui savaient perdre.

Je me dirigeai vers la sortie au milieu de la foule. J'allais arriver au portail quand quelqu'un me héla. C'était Eva. Elle devait avoir perdu le reste du groupe car elle était seule. « Quoi, dit-elle, indécise. Tu ne me dis pas bonjour ? » puis elle dut se cramponner à mon bras parce que nous étions repoussés vers les tribunes. « Bon Dieu, ces gens sont horribles ! » dit-elle, apeurée.

Elle avait le visage rouge de soleil et ses lunettes noires reflétaient la foule qui nous entourait.

« Je ne t'avais pas vue, dis-je. Je suis désolé pour Livio, il a fait un grand match. » Mais ce n'était pas de Stresa qu'elle voulait parler. La foule l'effrayait et elle ne cessait de jeter des regards nerveux alentour. « Tu as des nouvelles d'Arianna ? demanda-t-elle sans lâcher mon bras. Tu sais qu'il ne veut pas que je la voie ? Tu sais qu'elle me déteste ? J'espérais tellement la voir aujourd'hui ! » Je jetai moi aussi un regard alentour. Je vis quelques membres du groupe. La foule les avait séparés et ils se cherchaient, s'appelant les uns les autres. Eva ne lâchait pas mon bras. « Tu es sûr que tu n'as pas de nouvelles ? Oh, *je t'en supplie* ! Dis-moi si tu as des nouvelles ! » dit-elle avec un gémissement tandis que la multitude se bousculait dans ses lunettes. « Non. Je n'ai pas de nouvelles. Si j'en avais, je te le dirais. » Et c'était vrai, je le lui aurais dit. Elle hocha la tête. « Oui, dit-elle. Je sais que tu me le dirais. Toi, tu comprends. » Elle eut un instant d'hésitation en me tendant la main. « Tu ne veux pas me serrer la main ? » Je la lui serrai et elle dit : « Pardonne-moi, je voudrais tellement que tu me pardonnes. » Alors, je ne sais pas pourquoi, je lui demandai pardon moi aussi. Quelqu'un cria son prénom. Elle se tourna encore une fois vers moi, puis la foule déborda de ses lunettes et l'avala.

Je savais que je reverrais Arianna. Je le sentais. Ce fut un après-midi, une semaine plus tard. Elle marchait d'un pas indolent dans la via Frattina en regardant les vitrines. Je sortais du *Corriere dello Sport* et je rentrais à pied à l'hôtel. Elle me vit. « Ce n'est pas possible ! dit-elle, en extase.

— Eh si, dis-je. J'ai survécu.

— Je ne te le pardonnerai jamais, dit-elle. Qu'est-ce que tu as fait de sérieux ? dit-elle encore en saisissant mes poignets. Montre, tu n'as même pas de cicatrices. » Puis elle me regarda attentivement. « Je suis heureuse de te voir, *tu le sais, ça* ? » Sa voix avait une intonation différente mais je la reconnaissais. Je l'aurais reconnue entre mille, mille ans après, dans n'importe quel monde. Nous nous scrutâmes un moment sans rien dire. Elle était magnifique, évidemment, mais la mode avait changé et elle aussi avait changé. Elle portait une jupe qui lui arrivait aux chevilles et un chemisier en soie avec un ruban noir sur la poitrine. Ses cheveux étaient rassemblés sur sa nuque et ses grands yeux dévoraient son visage. Elle était paisible, sans crânerie, et elle avait quelque chose des femmes sur les vieilles photographies sépia. « Ça te dirait, un remontant ? dit-elle.

— J'ai arrêté de boire.

— Encore ? Mais c'est une manie ! » dit-elle en entrant dans le bar d'en face. Elle commanda un xérès et remercia le barman avec un de ces sourires dont elle avait le secret. Il était âgé et il lui fit penser à Signor Sandro.

« Il n'est plus là, dis-je. Il est parti à la retraite. » Elle voulut savoir où et je dis la première chose qui me passa par la tête : un vieil hôtel de Stresa.

« Pas de noms, *s'il te plaît*, dit-elle. Qu'est-ce que tu fais ?

— Toujours pareil, dis-je. Et toi, l'architecture ?

— J'adore l'art roman, dit-elle innocemment. *Pourquoi?* »

Alors nous nous mîmes à rire et sortîmes du bar pour regarder les vitrines. « Tu te souviens comme j'aimais l'idée de pouvoir m'acheter des vêtements ? » Je m'en souvenais. « Maintenant ça me barbe, mais lui il veut que je m'habille, que je m'habille ! » dit-elle, irritée. « Tu l'aimes ? » dis-je. Elle dit qu'ils allaient se marier à la fin de l'été.

« C'est bien.

— Comment ça, c'est bien ! Tu dois dire que c'est mal, *toi.*

— C'est mal. »

Elle haussa les épaules et me planta là pour entrer dans un magasin. Je découvris que, de ma vie, je n'aimerais jamais plus une autre femme. Je la suivis à l'intérieur. Elle passait nerveusement en revue les vêtements suspendus à une longue tringle. « Il n'y a jamais rien, là-dedans », dit-elle sans se soucier de la présence de la vendeuse. Puis elle sortit pour entrer dans le magasin d'à côté. Nous en explorâmes six ou sept avant qu'elle ne se décide pour une robe rouge qu'elle paya une somme abracadabrante. Elle avait dans son sac à main un carnet de chèques aussi épais qu'un doigt, et les vendeuses me regardaient quand elle exigeait que je la conseille. « Cet après-midi va me coûter la vie, dit-elle en riant. Il est tellement jaloux !

— Alors je m'en vais, dis-je.

— Pourquoi ? Je n'ai plus peur de mourir. Et puis ce serait *tellement* romantique ! dit-elle en s'agrippant à mon épaule et en y pressant sa joue. Ton odeur. Tu sens toujours *tellement* bon ! C'est un peu l'odeur de ta voiture. Tu l'as toujours ?

— Oui », dis-je alors que des bribes de l'année précédente se mettaient à me tomber dessus. En peu de temps, je fus chaviré par une avalanche d'émotions oubliées, de souvenirs de ma vie avec elle durant le dernier été de ma vie. Je ne dis rien d'autre et elle se tut aussi, mais elle devait penser aux mêmes choses car, quand nos mains se touchèrent par hasard, elles restèrent cramponnées l'une à l'autre. Elle était toute petite, sa main dans la mienne, et très froide. Autour de nous, les gens avaient perdu leur visage et se déplaçaient avec une tache claire au-dessus des épaules. « Écoute, dis-je. Allons dans mon hôtel et taillons-nous les veines.

— Si vraiment on doit aller dans un hôtel, on peut peut-être s'adonner à des activités plus marrantes, dit-elle. Tu n'habites plus dans cet appartement ?

— Non, dis-je. Je n'y habite plus. Et puis ce n'était plus le même.

— Évidemment, dit-elle. Je n'y étais plus. » Elle s'était arrêtée devant une librairie. « Je veux te faire un cadeau, dit-elle, mais pas un livre. Quelque chose de gris, comme tes yeux.

— Non, dis-je.

— *Je t'en supplie !* » dit-elle. Je haussai les épaules et

elle me traîna d'un magasin à l'autre jusqu'à ce qu'elle trouve une chemise en soie grise.

« Tu crois qu'il peut se le permettre ? dis-je.

— Oh, dit-elle sans se vexer. Il peut se permettre un paquet de choses. Tant que les gens achèteront des tableaux, en tout cas.

— Surtout des tableaux moches.

— Oui, dit-elle après avoir un peu réfléchi. Ils sont moches. Mais il le sait.

— Tu crois qu'il peut se permettre ça aussi ? » dis-je alors en lui montrant un pantalon brodé d'arabesques argentées. C'était le pantalon le plus brancal que j'avais jamais vu et elle se mit à ricaner. « Je crois qu'il peut s'en permettre plusieurs, dit-elle. Tu as quelque chose contre les pantalons avec des arabesques rouges ? » Je n'avais rien contre les pantalons avec des arabesques rouges et nous en achetâmes un. Puis nous passâmes à une paire de chaussures anglaises, deux douzaines de cravates chinoises avec des motifs de dragons, etc., et une paire de pantoufles de cardinal. Quand nous sortîmes du magasin, nous croulions sous les paquets. De temps en temps nous en perdions un et il y avait toujours quelqu'un pour nous prévenir, jusqu'à ce qu'Arianna se retourne, furieuse, pour dire qu'on ne nous casse pas les pieds, nous n'étions pas du genre à ramasser les objets tombés par terre, *nous*. « Un smoking bleu, dit-elle en s'arrêtant au milieu de la rue pour regarder au-dessus des toits. De la même couleur que le ciel.

— Ça va être difficile à trouver, dis-je.

— Alors attendons le crépuscule, dit-elle. J'en ai vu un

rose sur la place d'Espagne. Qu'est-ce que tu dirais d'un étui à cigarettes en argent bien lourd avec tes initiales ? Ou alors d'un porte-clés en or pour la clé de ta voiture ? Tu sais, un bien horrible avec la marque dessus ?

— Il suffit qu'il soit en or, sinon elle ne démarrera pas, dis-je. Mais je préférerais avoir une pipe.

— Pourquoi une ? » dit-elle en entrant dans un bureau de tabac. Nous en choisîmes sept, une pour chaque jour de la semaine. Pour une raison mystérieuse, elle se plia en deux de rire devant celle avec une tête de taureau marquetée. « Et lui ? dis-je. Ça me paraît impoli de ne pas penser à lui aussi. Tu crois qu'il peut se permettre une boîte de cigares ?

— Deux, dit-elle. Ne sois donc pas pingre.

— Quelle heure est-il ? dis-je en indiquant la petite montre en or qu'elle portait au poignet.

— Elle est d'une ponctualité révoltante, dit-elle en grimaçant. Quoi qu'il en soit, c'est l'heure du thé. » Nous étions à côté d'un salon de thé très élégant mais nous ne pouvions pas entrer dans un endroit pareil avec tous nos paquets, ainsi nous hélâmes un taxi, y déposâmes nos achats et l'envoyâmes à mon hôtel.

« On ne peut pas boire un thé dans les règles sans un teckel, dis-je en m'arrêtant devant la vitrine d'une animalerie qui exposait un teckel.

— Exact, dit-elle, enthousiaste. Celui-ci me semble répugnant à souhait. » Elle entra dans le magasin d'un pas décidé. « Donnez-moi ce petit monstre », dit-elle. Le petit monstre coûtait drôlement cher et son arbre généalogique était plus complexe que celui d'un comte du Saint-Empire romain germanique. Il n'était pas plus déplorable que n'importe quel teckel, et il nous suivit un peu effrayé par la circulation.

Le salon de thé était rempli de vieilles dames parées de bijoux. Nous commandâmes deux thés à l'orange et tous les types de pâtisseries et de biscuits qu'ils avaient. Il y avait aussi des madeleines. « Trempons-les dans notre thé, dis-je. As-tu terminé *Swann*?

— Je n'ai rien lu d'autre de l'hiver, dit-elle en donnant une madeleine au teckel. De temps en temps j'essayais de le lui lire à haute voix mais ça le barbait *tellement*!

— Elles sont délicieuses, dis-je en prenant une autre madeleine. Exactement comme autrefois.

— Tout à fait, dit-elle. On n'en trouve plus qu'ici. Ce salon de thé est encore un endroit fréquentable.

— Ils deviennent de plus en plus rares.

— Mon chéri, le monde nous tenaille! Qu'allons-nous devenir? » C'était là un jeu auquel nous savions jouer. Je dis que j'y voyais très clair. « Nous nous retrouverons secrètement dans des salons de thé jusqu'à ce que je rencontre une vieille dame très riche, je la tuerai, je lui volerai ses bijoux et je m'enfuirai à Vienne avec toi. »

Elle ne sourit pas et fit une grimace. « Les vieux non plus ne sont plus comme autrefois, dit-elle. Si tu le voyais quand il s'habille en hippie. » Elle repoussa sa tasse. « Ces madeleines sont dégoûtantes, dit-elle en posant l'assiette devant le teckel. Crois-tu qu'ils acceptent les chèques, dans cette gargote? »

J'appelai le serveur et lui répétai tout par le menu, les madeleines, la gargote, les chèques. Il reçut mes mots comme si c'étaient des cailloux et qu'il était attaché à un poteau, en faisant une petite moue. Il refusa le chèque et appela le directeur. Alors nous payâmes avec le teckel et partîmes sous les regards vitreux des dames.

« Oh, dit Arianna, étalée sur la banquette arrière du taxi qui nous emmenait à l'hôtel, je ne me suis pas autant amusée depuis qu'il s'est cassé la jambe en glissant dans l'escalier de la villa. » Voilà ce qu'elle dit, et je pensai qu'il y avait un dieu dans ce monde. « Cet après-midi avait commencé de façon tellement ennuyeuse ! Il ne veut jamais que je rie, il ne veut pas que je pleure, je ne sais jamais quoi faire *avec lui* ! Que je suis poissarde ! » Elle était abattue et, quand je passai un bras autour de sa taille, elle se réfugia contre ma poitrine. « Dieu que je t'ai aimé, dit-elle, rauque. Que je t'ai aimé, répéta-t-elle en commençant à couvrir le revers de ma veste d'une pluie de baisers légers.

— Tu l'as toujours nié.

— J'étais *tellement* stupide ! J'avais peur de tout, même des mots. Où est donc cet hôtel ? dit-elle en continuant de couvrir ma veste de baisers.

— Je ne sais pas s'il te plaira. Il est très modeste.

— Oh, mais j'adore les hôtels modestes, lui il va toujours dans les hôtels mondains. Est-ce qu'il y a des putains ?

— Le samedi et le dimanche », et elle voulut savoir ce que je faisais le samedi et le dimanche. Elle ne supportait pas de ne pas savoir ce que je faisais le samedi et le dimanche, dit-elle en m'embrassant sur les lèvres avec ses baisers légers comme de la pluie. « Tu es soûle de thé, dis-je. Les cuites au thé sont terribles.

— Oui, oui, si tu le dis ce doit être vrai. Mon Dieu, dit-elle fortement. Je n'ai pas mes papiers. Tu crois qu'on me laissera monter dans ta chambre ? » Mais le hall était vide et nous montâmes l'escalier jusqu'au dernier étage. La première chose que nous vîmes en entrant dans ma chambre, ce fut nos paquets entassés sur le lit. J'allai à la fenêtre et l'ouvris. On voyait les toits, les arbres des quais et les crêtes des églises. Au loin, des nuages sombres s'amassaient dans le ciel qui s'éteignait peu à peu. Je sentis ses bras autour de ma poitrine et sa tête venir s'appuyer contre mon dos. « Tu as maigri, dit-elle. Je ne m'en rends compte que maintenant. »

« Tu n'as pas un disque ? » dit-elle en se détachant les cheveux devant le miroir. Je trouvai un disque de vieilles chansons de l'année précédente, le mis sur le tourne-disque portatif que j'avais pris de l'appartement au-dessus de la vallée et elle alla s'asseoir sur le lit, poussant les paquets par terre. Quand je me tournai, elle tapota la couverture de sa main. Elle souriait. « Viens là, dit-elle en me faisant de la place. Je veux sentir ton odeur. » Nous nous étendîmes l'un à côté de l'autre. Elle continuait à sourire. « Je veux te couvrir de baisers », dit-elle tandis que sa bouche descendait vers mon cou. Je sentis ses doigts déboutonner ma chemise, puis je sentis sa bouche sur ma poitrine, humide et fraîche. Par la fenêtre, je voyais le ciel se décolorer. Elle s'affairait sur la boucle de ma ceinture. Elle la défit et recommença ses baisers, alors je lui fis relever la tête, l'écartai et commençai à me déshabiller. Elle se déshabilla elle aussi, jetant sa jupe et son chemisier par terre. Son corps portait encore les traces pâles du maillot. Elle sauta sur le lit en riant. Puis elle arrêta de rire et sa voix se fit sombre quand elle murmura à la hâte des mots qu'elle n'avait jamais dits. Je me tournai et l'embrassai durement. Elle se tut, alors, et quand je posai mes lèvres sur son sein elle s'immobilisa, à l'écoute. Puis elle recommença à prononcer ces mots rauques et ma colère se transforma en cette torpeur que j'avais tant recherchée avec elle. Elle le sentit et pressa son ventre contre le mien en riant. « Maintenant, dit-elle. *Maintenant* ! »

Le ciel était sombre quand je me levai pour remettre le tourne-disque en marche. « J'aime les chansons, l'entendis-je dire. J'en ai *tellement marre* de ce Bach à la noix. » Sa voix éclata dans le noir de la chambre mais elle avait quelque chose de différent. C'était comme entendre un instrument dont la voix cristalline serait fêlée par le grincement secret des cordes martyrisées. J'allai à la fenêtre. Les nuages pesaient sur les maisons et quelques gouttes de pluie tombaient. Dans la ruelle, les gens marchaient d'un pas pressé et on entendait de temps en temps le fracas d'un rideau de fer que l'on baissait.

« Il commence à pleuvoir, dis-je.

— Tu es triste, dit Arianna. Je sens que tu es triste.

— Non, dis-je.

— Que je suis poissarde, dit-elle. Je fais toujours les

mauvais choix. Je vais rentrer et lui balancer tous ses paquets à la figure.

— Non, dis-je encore.

— Pourquoi ? dit-elle, et sa voix se fit tremblante.

— On ne peut pas se le permettre. » Je la sentais mienne. Je ne l'avais jamais sentie autant mienne que maintenant qu'elle était à quelqu'un d'autre. Quel manque de pot. Je savais ce que ça voulait dire, qu'elle ne pouvait m'appartenir qu'en appartenant à un autre. *Quand elle aussi était un reste.* Elle commença à pleurer, en silence.

« Ne pleure pas, dis-je.

— Oh, *toi au moins*, laisse-moi pleurer », dit-elle avec colère. Alors je m'approchai d'elle, m'assis sur le lit. « J'ai honte, dit-elle. J'ai tellement honte. Je fais l'amour comme une putain.

— N'importe quoi.

— Si, c'est vrai. C'est lui qui m'a appris et lui, il va toujours voir les putains. » Je ne dis rien. Nous étions si vieux, c'était si tard, tout avait si mal tourné. « Graziano est mort, dis-je brutalement. Tu le savais ? » Alors un gémissement se fit entendre dans le noir et sa voix se brisa dans un pleur désespéré. Je sus immédiatement qu'elle ne redeviendrait jamais comme avant. Ce fut la seule chose que je pensai, que je lui avais brisé la voix. Elle pleura longtemps, cramponnée à ma main, et moi je pensais à sa voix morte. Puis peu à peu elle se calma. « Je veux rentrer à la maison », dit-elle.

Dans la ruelle, une averse tomba, avec le bruit d'un objet chu par terre. Nous nous rhabillâmes en silence, et le disque continuait d'émettre les vieilles chansons de l'année précédente. Quand nous descendîmes dans le hall, le portier ne leva pas les yeux du *Corriere dello Sport*, mais le visage d'Arianna se durcit quand même.

La rue était déjà sèche et nous marchâmes en silence jusqu'à une station de taxis. Quand nous montâmes dans la voiture, je m'aperçus que je ne supportais pas de la quitter de cette manière. Je voulais lui expliquer, lui dire quelque chose, mais quand nous fûmes dans l'auto au milieu des embouteillages et que j'eus passé un bras autour de ses épaules, je ne trouvai rien à lui dire. Puis elle se détendit et laissa aller sa tête contre le siège, avec une grande lassitude. « Tout ça en un an, dit-elle doucement. C'est si peu, un an. » Elle ferma les yeux. « Parfois, dit-elle, je voudrais revenir à la clinique, mais cette fois personne ne viendrait m'y chercher.

— Moi je viendrais.

— Oui, toi oui », dit-elle. Quand le taxi parvint à s'extraire des embouteillages et s'arrêta devant la villa de Sant'Elia, elle ne voulut pas m'embrasser. Elle descendit vite, crânement. Elle ouvrit le portail, puis je la vis monter les marches au pas de course, appuyer sur la sonnette et attendre, dans le parfum des lilas. Elle ne se retourna pas une fois. Puis elle entra. Alors je regardai le chauffeur de taxi qui me demandait où nous allions. Je n'étais pas loin de l'hôtel et j'avais envie de marcher. Ainsi je payai et m'acheminai à pied. Il tombait quelques gouttes et la ville sentait la poussière.

Le lendemain matin, je sortis pour aller au *Corriere dello Sport*. Pendant la nuit, il avait enfin plu pour de bon et l'air était frais et limpide. Quand je me retrouvai dans les embouteillages sur les quais, au milieu des klaxons hurlant, je regardai les arbres. Leurs feuilles poussaient et je pensai que l'été serait vite là et puis l'automne et puis l'hiver et puis encore le printemps, et cela pour toujours ou pour une durée assez stupidement longue pour ressembler à l'éternité. Qu'est-ce que j'allais faire, moi ? Soudain, je sus que le moment de mettre les voiles était venu. Tout le monde les mettait, tôt ou tard. Règle numéro un, ne pas faire exception à la règle. Je bifurquai au premier croisement et revins à l'hôtel.

Je ne mis pas plus d'une heure à faire mes valises. J'en pris trois, une pour mes vêtements et deux pour mes livres, ceux qui ne me quittaient jamais, ceux que j'emportais toujours d'un hôtel à l'autre, de n'importe quel endroit à n'importe quel endroit. Il y avait la vieille édition de l'*Ulysse* dans la collection Medusa, le *Moby Dick* de Pavese, Conrad et l'édition de poche de *Gatsby*, jaunie mais encore entière, puis je pris *Martin Eden*, Nabokov, ce bon vieux Hem et les poèmes d'Eliot et de Thomas, *Bovary*, *Le Monde d'hier*, Chandler et *Le Quatuor d'Alexandrie* de Durrell, Shakespeare et Tchekhov. Le tout entrait dans deux valises.

« C'est toujours pareil, dis-je au portier qui me demandait si je partais. Ce sont toujours les meilleurs qui partent. » Il était désolé que je m'en aille parce que maintenant il devrait s'acheter le *Corriere dello Sport*. Je le dédommageai en lui offrant tous les paquets d'Arianna que j'avais laissés dans la chambre. Je pensai que je devrais téléphoner au journal pour saluer Rosario mais je n'avais pas envie de donner d'explications. Je décidai de ne rien dire à personne et d'écrire plus tard pour me faire envoyer l'argent qu'ils me devaient. Pour l'heure, j'en avais assez pour le trajet et pour tenir les premiers temps, quel que soit l'endroit où j'irais. Quant à savoir quel serait cet endroit, je n'en avais pas la moindre idée. Je commençai à y réfléchir en roulant au hasard dans la ville, pour la saluer. Au fond, je ne la détestais pas mais je n'avais aucun regret et cela me désolait. Je regardais les escaliers, les églises, les tables des terrasses, et tout cela m'était indifférent.

Je gagnai le périphérique. Je le parcourus en lisant les noms sur les panneaux routiers, mais un endroit en valait un autre et je réduisis mon choix entre le nord et le sud. Je ne choisis le sud que parce qu'il faisait beau et que je pourrais longer la mer en reparcourant le trajet que j'avais fait quand j'étais allé chercher Arianna. Je roulai jusqu'à ce que les panneaux indiquant Rome se fassent de plus en plus rares, puis je m'arrêtai pour faire le plein. Le paysage était différent. Je l'avais vu brûlé par le soleil et maintenant il était vert, tendre, plein. Une matinée magnifique pour rouler. Plus je m'approchais de la mer, plus le climat devenait doux, et à un moment donné je baissai toutes les vitres. Quand la mer apparut enfin, je pensai que j'aimerais bien me baigner dans la baie avec la forteresse.

Elle m'apparut une heure après, magnifique. Elle était encore plus grande et plus désolée que dans mon souvenir. Il devait y avoir eu une tempête parce que la plage étincelait de débris et de bouts de troncs d'arbre, noirs sous le soleil. La forteresse sarrasine s'élevait sur la droite, sombre, et les montagnes rocheuses se découpaient, tranchantes, sur un ciel d'un bleu dur. Je laissai la vieille Alfa et traversai la végétation. La plage était couverte de cageots de fruits, de planches arrachées, de pots et d'une grande quantité de fleurs pourries. Je gagnai l'eau. Elle n'était pas froide. Alors je revins à la vieille Alfa et commençai à me déshabiller. C'est quand je fis passer ma chemise par-dessus ma tête que je m'aperçus que c'était l'endroit le plus beau que j'avais jamais vu et que je n'allais nulle part, qu'il n'y avait nulle part où je pouvais aller sinon ici. Je m'assis dans la voiture, allumai une cigarette et fumai en réfléchissant à comment réaliser la seule chose qu'il me restait à faire.

La difficulté consistait à m'empêcher de nager. Je pensai aussitôt aux valises. Celles avec les livres pesaient une tonne et je dus les porter une par une à la limite du ressac. Je cherchai deux bouts de corde dans le coffre de la vieille Alfa. Je n'en trouvai qu'un mais je réussis à le couper en le frottant contre un garde-boue. J'allais refermer les portières quand je me dis que je ne voulais pas faire ça en maillot. Alors je fouillai dans la valise des habits, je pris mon costume blanc, l'enfilai sur ma peau nue, retroussai le bas de mon pantalon et allai sur la plage. J'eus quelques difficultés à attacher la seconde valise à mon autre poignet mais j'y parvins à l'aide de mes dents. J'essayai de les soulever. Elles étaient lourdes, et du reste il fallait qu'elles le soient sinon elles ne m'auraient pas servi à atteindre ma fin ou elles auraient rendu les choses plus difficiles. J'entrai. L'eau était fraîche autour de mes chevilles. Je regardai la baie. Les deux grands bras de baie qui fumaient sous le soleil. J'étais au bout du rouleau, à vrai dire.

Voilà, c'est tout.

Comme je l'ai dit, je n'en veux à personne. J'ai eu mes cartes en main et je les ai jouées. Personne ne m'y obligeait. Je n'ai pas de regrets. Je pense à comment aurait été ma vie si ce matin-là quand tout a commencé je n'avais pas trouvé la pluie ou si j'avais eu de l'argent en poche et tout le reste, mais je n'arrive à imaginer rien de particulier. Je pense, ça oui, à ma ville, à la nôtre, et je pense aux arbres des quais et aux crêtes des églises qui se découpent sur le ciel. Je pense au film de Graziano et aux feuilles qu'Arianna fixait à sa porte dans la tentative de donner un ordre à ses journées, je pense à ma jeunesse finie et à la vieillesse que je n'aurai pas. Je pense à toutes les choses irréalisées, aux enfants mort-nés, aux anges, aux amours seulement imaginaires, aux rêves écrasés par l'aube, et je pense aux choses mortes pour toujours, aux génocides, aux arbres abattus, aux baleines exterminées et à toutes les races éteintes. Je pense au premier poisson qui survécut à l'abandon des eaux, en se débattant et en nous engendrant. Je pense que tout conduit à la mer. La mer qui accueille tout, tous les êtres qui n'ont jamais réussi à naître et ceux qui sont morts pour toujours. Je pense au jour où le ciel s'ouvrira et où, pour la première fois ou encore une fois, ils retrouveront leur légitimité.

Composition : PCA
Achevé d'imprimer
par CPI Firmin-Didot
à Mesnil-sur-l'Estrée, en janvier 2021
Dépôt légal : janvier 2021
Numéro d'imprimeur : 162087

ISBN : 978-2-07-286773-6/Imprimé en France

358956